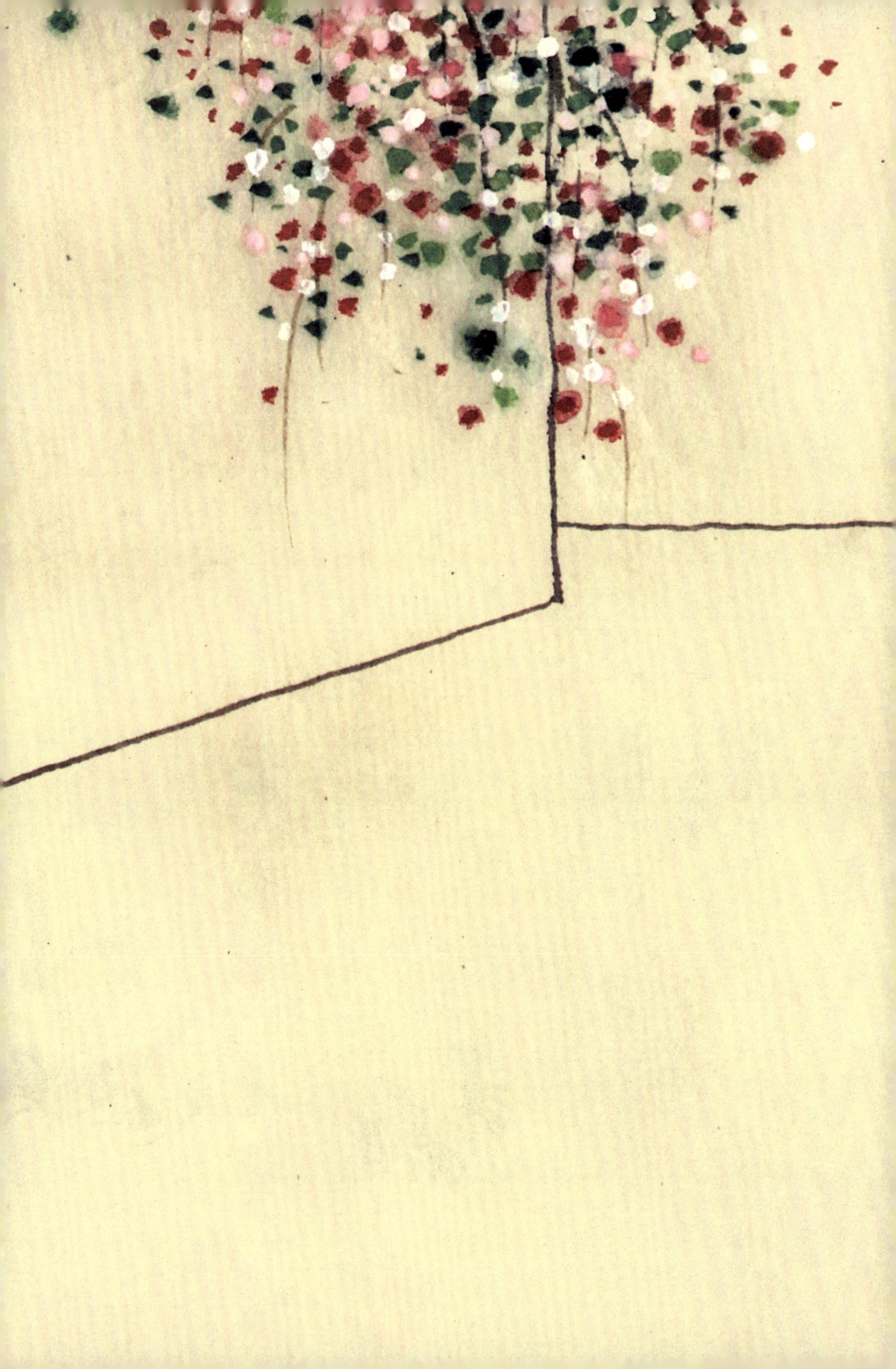

人生的每一次遇见
都是生命中巨大的欢喜。
喏，就是这样的，
我就在这里，靠近，且温暖。

丁立梅散文精选集

遇见

丁立梅——著

·修订版·

金城出版社
GOLD WALL PRESS
·北京·

图书在版编目（CIP）数据

遇见 / 丁立梅著 . —修订本 . —北京：金城出版社有限公司，2019.11（2021.10 重印）
（丁立梅散文精选集）
ISBN 978-7-5155-1893-0

Ⅰ . ①遇…　Ⅱ . ①丁…　Ⅲ . ①散文集－中国－当代
Ⅳ . ① I267

中国版本图书馆 CIP 数据核字（2019）第 181030 号

遇见（修订版）

作　　者　丁立梅
出 版 人　丁　鹏
责任编辑　杨　超
责任印制　李仕杰
文字编辑　彭洪清
开　　本　700 毫米 ×960 毫米　1/16
印　　张　17
字　　数　210 千字
版　　次　2019 年 11 月第 1 版
印　　次　2021 年 10 月第 3 次印刷
印　　刷　天津旭丰源印刷有限公司
书　　号　ISBN 978-7-5155-1893-0
定　　价　38.00 元

出版发行　**金城出版社有限公司**　北京市朝阳区利泽东二路 3 号
邮政编码：100102
发 行 部　（010）84254364
编 辑 部　（010）64210080
总 编 室　（010）64228516
网　　址　http：//www.jccb.com.cn
电子邮箱　jinchengchuban@163.com
法律顾问　北京市安理律师事务所　（电话）18911105819

遇见

常常，我们不期然的，会相遇到一棵树，一丛花，一个人，一首曲子……在相遇的刹那，心中沉睡的弦，被轰然弹响，哦，原来，你也在这里。仿佛前世约定。

一截小院子。院墙上，爬满三角梅，密集的花朵朵，像火焰似的燃着。从院子里突然走出一个小姑娘。小姑娘七八岁的模样，穿一件短衫，赤着脚。她跳着去摘院墙上的花，一朵一朵往头上插，嘴里面哼着歌。很快，她的头上，插满了三角梅。玫粉的一堆儿，映着她那张苹果脸，像是有一个春天在盛开。

我远远站着看，看了许久，看得心里柔波荡漾。那是云南的乡下，山野寂静，房檐低矮，却因那活泼的花和活泼的孩子，散发出甜美和温馨来。后来的日子里，我总会不经意想起这场遇见。我知道，在我看不见的地方，一些美好和纯真，它们在着。这让我很得安慰。

上班的路上，有一片废弃地，矮墙围着，里面杂草丛生。杂草自然没什么看头，我每次路过，都是匆匆而走，很少会送它一瞥的注视。

一天黄昏时，我又打那儿过。无意中看过一眼去，竟有星星点点的红，扑进眼里来。在将暮未暮的天空下，那些红，真是夺目。我跑近了一看，差点乐坏了，竟是一丛胭脂花。它因误入野草家族，被欺负得有些瘦骨伶仃，生活的热情却不肯丢，到它该开花的时候，它坚决地开了花。一朵一朵，鼓着腮，噘着嘴，得意洋洋地吹起小喇叭。我似乎听到花朵的笑声，咯咯咯的，滚落在草丛中。我在那里站了很久，微笑着看，心里划过一条又一条感动的波纹。寻常的黄昏，因了这些胭脂花，变得可爱起来美好起来。

逛地摊，遇到一枚铜戒，上面雕一朵古铜色的花。花朵儿盛开着，天真拙朴。在一堆的玻璃珠子和银手镯中，它显得那么与众不同。如谁在上面施了魔，定定锁住了我的心。一旁的朋友说，这是假的，不值钱的。我不介意，赶紧掏钱买下它。套我手指上，刚刚好，仿佛定做。这种相遇相知的缘分，是无价的。

去商场购物，被一首曲子缠上了。那是商场的音箱里播放的，从一片喧闹中腾跃出来。我傻傻地站在门口听，整个人动弹不了。天冷，风呼啸着扑过来，也不管的。路过的人好奇看我，也不管的。曲子冷艳，似秋风吹过山林，溪水清瘦，弯月如眉。我在曲子里沉沦，百转千回。如遇爱情。

人生的每一次遇见，都是生命中巨大的欢喜。喏，就是这样的，我就在这里，靠近，且温暖。

目录

第一辑 佛不语

第二辑 做一只陶罐

第三辑 一折青山一扇屏

第四辑 那些水样流过的句子

第五辑 风居住的街道

第一辑

佛不语

你来，或者不来，它就在那里。大爱无言，大音希声，这是佛的力量。

婺源的水

我去婺源时，满世界的菜花都已卸了妆。曾簪着一头黄花的油菜们，那会儿，像极怀孕的妇，笨笨的，相互挤挨着，搀扶着，——菜籽快熟了。当地朋友惋惜地说，你应该在菜花开时来呀。

我当然知道，婺源的菜花是出了名的。但我却很高兴，没有选择菜花黄时去，因为，我撞见了婺源最为本色的样子。

不说江湾，不说晓起，单单看看李坑吧。千年的古村落，周围群山环绕。那些山手挽手，肩并肩，站成一道青绿的屏风，把李坑宠溺地抱在怀中。一条小溪候在村口，像守望的明眸，里面蓄着一往情深。有竹筏停在溪边，撑竹筏的男人，遥遥递过话来，坐竹筏不？我毫不犹豫地摇头回，不。那边不在意，笑笑，又招呼下一个游人。

脚步轻些，再轻些，别惊了那些水啊。别惊了水里的鱼啊。别惊了溪边的野花啊。它们在这里，已安好千百年了。一路的溪水，潺潺，湲湲，把人迎进村子里。

村子不大，微仰了头看过去，一溜的建筑，沿坡而上，黛瓦粉墙，木门木窗，错落有致——典型的徽式建筑。这算不得奇特。奇特的是，穿村而过的小溪，九曲十八弯。看过去，也是沿坡而上的。像游蛇，清清亮亮的，一径向上爬去。

来婺源前，我曾向一个多次带团过来的导游打听，婺源除了菜花，还有什么好看的？她回答得简洁，水。我追问，水是怎样的好看？她答，你就没见过那么清的水。

现在，我就站在这么清的水跟前。我弯腰溪边，掬起一捧，水清冽冽的，从我的指缝间跌落。每一滴，仿佛都带着清甜。这世上，大凡相遇，都是因缘而生，我与婺源的水相遇，也是缘吧。这样想着，心里有着莫名的感动。

这岸与那岸，最狭窄处，不过隔了一胳膊的距离。有当地女子，在我对面洗汰衣裳。红塑料桶里，家常的衣裳，被她一件一件掏出来，放到溪里，不紧不慢地洗汰。我看看她，她看看我，微笑，不说话。

抬头，可望到溪上搁的木桥。之所以用“搁”这个字，是因为，那木桥实在过于简陋，像孩子搭的积木，随便搭上去似的，连扶栏也没有。却有种朴素素的好。有狗跟游人抢道，站在木桥上凝望。不知道它的眼里，望见的是什么样的风景。

不去听导游讲解这个村子多么文风鼎盛人才辈出，我只管走着我的，沿着溪水走。满村飘着木头香，是樟木。当地多香樟树，随便就能相遇到一棵千年的樟树。他们用它制成樟木扇子、樟木梳子，雕刻成各种各样的工艺品。甚至，连加工也不要有的，取木，直接锯成一块一块的小圆片，就那样出售。一元钱可以买三块。问，有什么用啊？那边奇怪地看过来一眼，说，防虫啊，买回去放衣柜里。我没买那些小圆片，我买一把樟木梳子，以溪水做润发油，梳理我的长发。我的发上，沾上了樟木的香，溪水的甜。

不知不觉，我跟着溪水转到后村，游人渐少，村庄安静。几个农人闲坐在一座石桥上戏闹打趣，说着我听不懂的当地话，他们干活用的农具，搁在一边。世界再热闹，他们还是过着他们的烟火人生。

几个当地小孩，穿着红红白白的衫子，拿着水瓢，蹲在家门口的小溪边，逗水玩。他们叽叽喳喳，不时惊叫，捉到了！捉到了！

捉到什么呢？我凑过去看，原来，是小蝌蚪。只见溪水里，无数的小蝌蚪，摆动着豆芽似的小尾巴，欢欢的。

我为那几个孩子感到高兴，他们还有蝌蚪可捉。一泓的清水，倒映着他们的身影，红红白白，像游弋的鱼。我以为，那是婺源最美的景致。

相遇冰峪沟

冰峪沟位于大连庄河北部山区，内有众多沟谷，群山一蓬一蓬，散落其间，玲珑秀美。英纳河、小峡河穿梭其中，清亮澄澈。山枕着水，水绕着山，形影相随，不离不弃，勾画出一幅幅妙不可言的天然画卷。人称，辽南小桂林。

我去时不是节假日，游人不多，山谷寂静，水流声、风吹声、鸟鸣声、游人的轻语声，格外分明。谷里树木繁茂，多古树，古树们沿谷底一路攀升。野花遍地，缤纷喧嚣。开得最为热烈的，当数小野菊了，星星点点，红红黄黄。有趴在裸露的岩石上的，有夹杂在草丛里的，石因它们变得秀美，草因它们变得多情。同行中有女子，忍不住俯身去采那些花，很快手里便有了一捧。花开在她胸前，素衣素妆的她，霎时间有了明艳。男同胞们见状，纷纷加入进去，在草丛里采花。“这朵好！”“那朵也好！”——他们欢叫。

不时有小松鼠从林子里跑出来，小尾巴翘得高高的。看见游人，不惧怕，而是好奇地张望一通，复又遁入林子里。

我看天，天在山峰上，与山峰嬉戏。不遥远，仿佛只要我登上山顶，便可以抚摸到。我看山，山连山，把眼睛塞得满满的。

湖水汤汤，倒映着两岸山峦，山在水里走，水在山中行。人最是有福的了，既在水里走，又在山中行。左岸的山，笔直向上，裸露的岩石，有着赭红的皮肤、赭黄的皮肤，斑斓如油画。右岸的山，披了一身红叶做的衣裳，活泼俏丽，风情万种。往后看，是山。往前看，还是山。峭壁秀绝，鬼斧神工。时有一抹艳红跳入眼睛，是野杜鹃吧？是波斯菊吧？山峰无一例外的，都是青得泛黛的。彼时，只觉得身体轻盈，风一样的，飘上去，飘上去。好，且化作那湖中一滴水，且化作那山上一抹红，且化作那山峰上的一朵云……怎样，都是好的。只求与这自然，融为一体。

著名的仙人洞，位于龙华山天台峰的悬崖下。通往仙人洞的路叫“梯子岭”。从远处看，“梯子岭”曲曲弯弯，游蛇一般蜿蜒而上。到底有多少级呢？有说八百的，有说六百的。当地人的歌谣唱得极有意思：“上山八百八，进庙就能发。下山六百六，进庙就长寿。”

有洞必有传说，传说曾有一位叫宏真的高僧，在这里修炼成仙。洞府很大，洞中有洞，里面建有庙宇，始建于明朝。庙中供奉的分别是释迦牟尼佛、宝幢王佛、弥勒尊佛，两侧为十八罗汉。右侧，是一幢木结构的二层楼，为“玉皇阁”和“三官殿”，供的是道家尊奉的神仙。在这里，道僧合一，门派不同，却又是殊途同归——积德从善。红尘万丈，人心所向，莫不如此。

一道士从庙里走出，玄衣玄鞋，长发及肩，很有点仙风道骨的气韵。问他：“从这里可以攀到山顶吗？”他笑而不答，走到崖边，手把着栏杆向下望。我们亦跟过去，向下望。数座山峰，尽收眼底，远远近近，美不胜收。原来，我们已临近山顶而不自知。

黄昏了，山上，梵音袅袅。山下，人间烟火，已相继升起。

访径山寺

1200多年前，年近而立的法钦禅师，云游至余杭径山。径山的钟灵清幽，系住了这位远道而至的僧人的脚步，从此，他在山上结庐定居，种茶礼佛。他断不会想到，日后，他所结之庐，会建成规模宏大的径山寺，位居江南五山十刹之首。南宋孝宗皇帝曾御题寺额：径山兴圣万寿禅寺。

寺兴，自然引来善男信女无数。跋山涉水来此参禅的僧人，亦是络绎不绝。鼎盛之际，寺内有僧众3000余人。文人墨客，也多有造访。其中最著名的，当数苏轼。他一访再访，留下洗砚池一方，诗作数篇，如“雪眉老人朝叩门，愿为弟子长参禅”。而法钦禅师所种之茶，因其味鲜芳，特异他产，成了远近闻名的径山茶，庇护了一代又一代径山人。他们在山上栽种茶树，以茶养家，活得如茶一样的滋润与芬芳。

秋末的一天，我慕名去访径山寺。询问当地人，都知道呢，他们黑红的脸上，漾起笑来，哦，是去山上看庙啊。他们用了一个“看”字，亲切、随意，没有距离感，像去看一个关系亲密的人。

曲曲折折的径山古道，宛如一条巨蟒，盘旋而上。道旁遍布植物，野草野花自不必说，时有一棵两棵的枫树，顶着一树火红的叶，站在草的青绿、橙黄与野花的粉白之中，令人惊艳。这自然的色彩的分布，原也是有张有弛的。

竹多，漫山遍野。都是挺拔蓊郁的。路一程，竹一程。拐过一个弯，以为到尽头了，哪知一块山石横截，路又拐了弯去，盘旋而上。竹也跟着拐了弯去，高低错落。午后的阳光，透过浓密的竹叶，碎碎的，落在古道之上，像一群可爱的小银鱼，在铺着的大小不一的石块上，活活泼泼地游着。蝴蝶是山上最快乐的生灵了，它们在竹林间，在花草间，自在地穿来穿去，捉迷藏一般的。

静。风不吹，竹不动。听得见花开的声音，蝴蝶飞舞的声音，阳光掉落的声音。走累了，席地而坐吧，摊开一张纸，蘸着阳光，画画眼前的景。一只蝴蝶，把我的纸误当做花朵了，它飞过来，停歇在上面。那一刻，我不敢发出一点声息，我盯着这只蝴蝶看，我确信，它也在盯着我看。在蝴蝶的眼里，我是一棵竹，一株草，还是一朵花呢？

有人声从竹林深处传过来，如喁喁鸟鸣。是些挖笋的山民。路上我遇到几个，提了布袋和小锄头，他们的头上肩上，有阳光的影子在跳跃。他们弯腰在路边，在落叶与草丛中随便一拨弄，一棵肥硕的笋，就到了他们手上。我立在一边看，惊奇地问，怎么知道这下面有笋的？他们答，一看就知道啊。我笑了，他们这话听着禅意得很。

站在高处的亭台上，俯瞰下去，满眼的重峦叠嶂。一畦一畦的茶树，像一条一条的绿带子，镶在半山腰。阳光蒸腾，竹海成浪，一波一波。我由衷地羡慕法钦禅师，这等的好去处，他一住就是几十年。

他应算是把佛文化与茶文化融在一体的人了。佛心即茶心，清茶一杯在手，内心澄清，世事通透。

过十八罗汉台、东坡洗砚池、御碑亭，千年古刹就展现在眼前。黄的围墙，红的屋顶与翘起的飞檐，在参天古木的掩映之下，隐隐约约，尤显安谧与宁静。高大的寺门，上书“径山万寿禅寺”。禅院深深，里面有保存完好的古建筑钟楼，有气宇不凡的新建筑鼓楼。晨钟暮鼓，世上光阴，便在此一轮一轮地，悠悠度过。

游人三三两两，都是轻轻的，生怕惊动了佛门清静。有梵音从大雄宝殿后面传过来，袅袅不绝。我以为，世上好听之音莫过于梵音，能让人在瞬间安静。尘世纷扰，没有什么不能放下的，以一颗洁净的灵魂，面对吧。

我在悠扬的梵音里驻足，发痴。我想的是，这古道之上，这古刹门前，谁的脚印叠着谁的脚印？每一脚下去，都有相逢的欢喜。我对着每一个与我擦肩而过的陌生人微笑，能在这古刹门前相遇，我们都是有缘人。

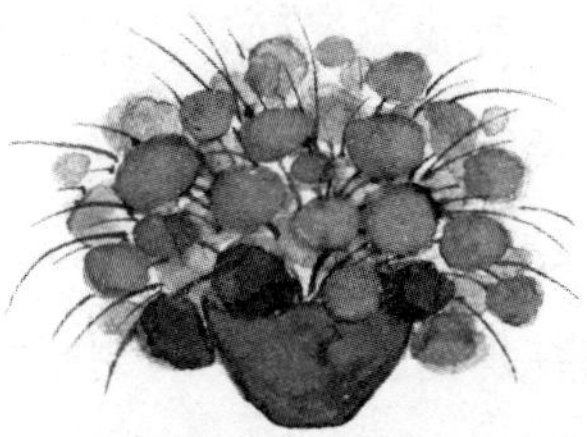

家常的同里

同里的河，都是顺着房子走的，或者反过来了，房子是顺着河走的。岸边人家，几乎家家都设有客栈，写着客栈大名的布幡飘在半空中，红的，黄的，蓝的，街道上空，便弥漫着千年古镇特有的气息。真的走进去了，却是一副现代市井的模样。家家都会做糕点，热腾腾的青团子、芡实糕、桂花糕、花生糕、萝卜饼，还有一团甜蜜的绕绕糖。游人少有敌得住诱惑的，停下，买上几块，边走边吃，无拘无束，像童年回归。

家家门前，都傍河摆着藤编桌椅，上有凉棚撑着，茶壶一把，茶杯几只。你若走累了，就坐下来喝口茶吧。不喝也没关系的，就坐坐吧，坐到天晚了也没人赶你走。一直急不可耐的时光，在这里，缓慢下来，像一方暖阳，泊在那里。真好，不用急着赶路，也没有未完的事在催着，这会儿，你属于你自己，一颗心完完全全放下来，像那房檐下蹲着的一只发呆的小白猫。

发呆？确是如此。河里不时有游舫摇过，那上面就坐着几个发呆的人，脸上有阳光的影子在跳跃。河不宽阔，河水也不够清澈，甚至有点混浊。岸边的倒影，在水中模糊成一团色彩，仿佛有人随意泼上了一大桶颜料。却没有人介意这样的河，没有人介意这样的水，要的，只是这样一个悠闲的日子，承载难得的清静和喜悦。

当地妇人埋首在膝上的筛子里，在剥一些小圆果子。白的果肉出来了，小米粒似的。我站边上饶有兴趣地看大半天。她由着我看，至多笑笑，复低头剥。我终于忍不住相问，你剥的是什么呢？妇人笑答，芡实啊。见我发愣，她说，就是鸡头米啊，可以做糕点，也可以熬汤煮粥喝，养脾脏呢。要不要来点？她问我。我笑着摇摇头。满街的芡实糕，原来是这个做的啊。

游人们这里探头看看，那里探头看看。看什么呢？红灯笼下的人家，一律有着深深的天井。一个天井就是一个或几个故事，几世人的悲欢离合，都化作一院的香。是桂花。每家院子里，似乎都栽有一棵。十月，它的香已浓到极盛处，满街流淌。游人们奢侈了，踩着这样的香，去看退思园。去访崇本堂和嘉荫堂。在三桥那里等着看抬新娘子。

同里的三桥，几乎成了同里的象征。三桥分别是太平桥、吉利桥、长庆桥，呈“品”字形跨于三河交汇处。当地习俗，逢家里婚嫁喜庆，是必走三桥的。做新娘子的这个时候最神气了，被人用大红轿子抬着过三桥，边上有人口中长长念，太平吉利长庆！探问当地人，这风俗起于何年何代呢？都笑着摇头说不知。祖上就是这样的啊，他们平静地说。祖上到底有多久？随便一座桥，都沐过上千年的风雨——这一些，在一路奔来的外地人眼里，都值得惊叹，同里人却早已把它化作淡然。有什么可惊可叹的呢，他们日日与之相伴，成为家常。

天光暗下来，游人渐散，同里回归宁静。我回入住的客栈，那是幢老宅院。走过一段狭窄且幽暗的通道，方可进入天井。二层小木楼，木格窗，古朴朴的，很久远的样子。我坐在天井里，我的背后，是一些肆意疯长的花花草草。一只猫蹲在一口瓮旁，静静看我一会儿，跳过窗台去。我跟主人王阿姨聊天，我说你们同里出过很多名人啊，你家祖上是做什么的？王阿姨低头笑，说，小老百姓呢。她提一壶茶，给我面前的杯子斟满，问我，明早想喝粥吗？我煮粥给你喝。

我笑了。这才是好，小老百姓的日子，本是现世的，当下那一茶一饭的温暖，才是顶重要的。

枫泾虫鸣

江南的古镇，是离不开水的，枫泾古镇也不例外。周围水网密布，河道纵横。窄的地方，两岸树木能握手畅叙。宽的地方，可供十只八只小舟并驾嬉戏。水多，桥必多。说“三步两座桥，一望十条港”有点夸张了，十步一桥，那是差不离的。多，多达五十二座。或平或拱，或弯或曲，多为石头或青砖垒成，绿苔暗生，树木掩映。它们是古镇的骨架子，把一座古镇千百年的风情，给撑了起来。

市河算是古镇最主要的一条河流，贯穿南北。有人也叫它枫泾河。这个名字听起来更有意蕴，枫树成溪成泾，该多美。枫树我倒没见着几棵，或许有。一棵粗大的合欢树，撑在竹行桥的桥头，枝条俯身下来，几乎要匍匐到桥栏杆上去了。时序已近仲秋，合欢花们还如朝云般的，在枝头欢欢地开着，载歌载舞。

古镇当年的繁华，应聚集在这条河上。两岸人家的房子，和风雨长廊，都傍河而建。有意思的是，它们不是相向而建，而是这岸的人家面河，那岸的人家枕河。随便挑一处长廊坐下，喝点什么，或什么也不喝，就那么闲闲地望着对岸枕河人家。那真正是铺开的水墨画卷呀，仿佛谁在宣纸上，那么漫不经心地勾勒着，淡几笔，粉墙出来了。浓几笔，黛瓦出来了。然后，骑楼、勾栏、重檐、亭阁，一一都出来了。木格窗半开着。有后门可供出入，层层石级下到河沿，散漫中，透出匠心。植物们也都秀眉秀眼着，铜钱草，或是太阳花，或是小朵的海棠，或是绿萝，搁在窗台上，或吊挂在墙上。我想起王勃在《滕王阁序》里的描述："披绣闼，俯雕甍。"觉得应用到这里来，也很贴切。眼前之景，虽没有滕王阁那样的精美华丽，却也是端丽可人的。这样的地方，适合缓缓看，缓缓归。

还是这条河。当年吴、越两国，曾在此河上立界，南归越，北归吴。我穿过界河时，想自己一只脚踩在吴国的领地上，另一只脚已跨到越国的家门口了，我如此轻松地一越，千百年前的人们，不知因此流过多少的血泪呢！人是顶顶奇怪的生物，占有欲极强，总喜欢霸占本不属于自己的东西。比如说，争江山。时间会证明给人类看的，江山最后谁也不属于，江山只属于它自己。

老百姓的日子却是家常着的，风雨不动安如山。小巷连着里弄，木门木窗青石板，抬头仰望，是一线天空。昔日的老房子里，生活还是生活，阿婆们就着一方长桶，剥着新收上来的菱角。做芡实糕的女子，裹在一团香雾中。有妇人手指飞速翻转，她的手边，已垒着一堆包好的粽子。有年轻妈妈抱着牙牙学语的小娃，坐在屋檐下，一遍遍教小娃叫，妈，妈。奶声里，就有了一声声，妈，妈。听得人心里软，继而眼睛湿润。再难懂的方言，一声"妈"，却几无分别。裁缝铺里，忙得很，布料子红红绿绿堆着，老裁缝拿着皮尺，在给人量尺寸。有丝瓜花和扁豆花，攀爬在人家屋檐上，安安静静开着。

晚上，在河边坐定，叫上三五个家常菜，慢慢吃。两岸的红灯笼，倒映在河里，一河的水，都变得妩媚起来。风轻轻吹着，耳边有吴侬软语响着。一时间恍惚，我是来看这灯光的吗？是来看这黛瓦粉墙的吗？是来寻访古桥、寺庙和牌坊的吗？都是。仍我似乎还在期待着什么。

八九点的时候，老街上的灯光，一盏一盏熄了。木板门“咔哒”“咔哒”上了闩。我走在深巷里，只听见我的脚步声在响，星星们亮在头顶上。突然，有虫鸣的声音，传了过来，从那幽暗的里弄深巷处。起初也只是一两声，嚁嚁，嚁嚁。清脆、空灵。接着声音多起来，唧唧，吱吱，啯啯，这里，那里，千万只虫子叫起来，共奏一段小夜曲。我循着虫声找去，它们伏在哪片黛瓦上呢，或是躲在哪块青石板下呢？或者，就在那一丛扁豆花里，在那一蓬丝瓜花中。或者，就在那石槽供养着的铜钱草和晚荷中。

一个古镇，淹没在虫鸣声中。夜，夜得相当纯粹，再无别的声响。

马踏湖的春天

四月里去马踏湖，不是好季节。要到七八月，才是马踏湖最美的时候，桓台的朋友这么说。

但我还是决定前往。去之前，已听说了关于马踏湖的传说：春秋战国时期，诸侯纷争不断，齐桓公在取得霸主地位后，于桓台的起凤镇，布兵列阵，召集各国诸侯。各国诸侯应邀前来，一时间战马嘶鸣，马蹄声阵阵。战马所踏之处，地陷成湖。

马踏湖还有个颇具诗意的名字，锦秋湖。得名于苏东坡的一首诗。苏东坡曾泛舟湖上，留下了千古名句："卷却天机云锦缎，纵教匹练写秋光。"就有人取了诗中的"锦"与"秋"来称呼它。不过，当地百姓还是喜欢唤它马踏湖。你故意问他们，为何叫马踏湖啊？他们会一脸认真地回你，因为是马踏出来的啊。千古的传说，深得人心。

我们到达时，天色已晚，湖区安静，见不到别的游人，除了我们一行。五贤祠掩映在绿树繁花中，里面供奉着战国的颜蜀、鲁仲连，汉代的辕固、诸葛亮，还有宋代的苏东坡。我暗自笑了，桓台人真有意思，让这五个八竿子打不着的人住到一起，他们是一起谈文论道好呢，还是一起布兵列阵好呢？

沿着一条道走了很久，呈现在眼前的是一片洼地，又一片洼地。

洼地上的芦苇，才刚刚冒出来，露出点点新绿，适合遥看，就是没看到湖。我疑惑了，问桓台的朋友，怎么还不见湖？

桓台的朋友“啊”一声，笑了，这就是马踏湖啊，你脚下就是。

我脚下就是？我又惊又喜。原来，湖也可以是这个样子的，不是成片的，而是由一个一个的洼地组成。

一当地妇人看见我们一行人，高兴地扛着她的竹篙跟过来。坐船玩啊，坐船好玩，她建议我们。

不想令她扫兴，且我也很想进湖去看看，遂跟着她走。

水域渐渐多起来，东西交叉，南北交叉。渠道据说多达两千多条，如同水设的迷宫。湖边泊小船若干，秀气得都像纸叠的。妇人解索撑船，动作麻利，小船晃晃悠悠的，载着我们向远处漂去。远处是哪里呢？水道连着水道，不知有多少重。岸边新绿茸茸，转过头来是绿，掉过头去还是绿。湖风漫漫，湖水青青，仿佛那水里面也生出了无数的绿芽芽。

妇人跟我们聊起来，告诉我们，七八月里，这湖边的芦苇长得可高了，湖上荷花也都开了，湖里的鱼虾也都肥了，每天都会有好多的人来这里玩呢。话匣子一经打开，她索性不撑篙了，任由小船随水漂去。她挥动手臂，这里那里指给我们看，嘴里急促地说着什么。话说得又快又急，我们就不大听得懂了，但明显地感觉到她的兴奋。这样的情绪，让我们愉快。是的，我们都很愉快。有这样的湖可看，有这样的小船可坐，有这样的乡音可听，真的是件非常惬意的事。

我们一直待到天完全黑下来，才弃船登岸。妇人跟我们挥手告别，她殷切地邀请我们，夏天再来啊，夏天来这里可以看荷花，还有新藕吃。

缸顾的菜花

缸顾是个地名，隶属于江苏兴化市。关于这个叫得颇有些奇怪的地名，是大有来头的。传说700多年前，江东叛乱，一对顾姓夫妇，被元兵追杀，一路逃奔，奔至江边再无退路。幸好江上浮来一缸瓮，顾姓夫妇赶紧躲进缸瓮内，随水漂去，北渡过江，这才躲过了劫难。他们到达今兴化市境内，在荒野偏僻之处，拣一高地落户生根。为纪念救命之缸，他们把庄名，定为缸顾。从此，过起与世无争的耕织日子。

缸顾在它的菜花未曾扬名之前，并没有因这个传说，而声名远播。它是寂寂的，寻常的，生存与繁衍，是它每日里为之奋斗不懈的事。因地势低洼，它常年被大水淹没。一代一代的缸顾人，硬是从水下取土，小鸟衔泥筑巢般的，一点一点，垒成一方一方的垛田。他们根本不知道，他们于无意之中，成就了怎样一份壮观。现在的缸顾，万亩平川，河泊纵横交错，放眼望去，那些垛田，很像一扁扁舟，大小不一，姿态随意地飘荡在水面上。又像一座座小岛屿，散落在水中。想象着吧，那上面纵使什么作物也不长，只任青草肆意，一垛一垛的青绿，也是蔚然的。何况，开出一片金黄来？

缸顾的菜花，和别处的菜花，其实并无二异。都是一统天下的黄，黄得透心透肺，黄得淋漓尽致，黄得不管不顾。花碎碎的，紧密密缀在一起，不是一朵一朵地开，而是商量好了似的，一簇一簇地开。

可是，缸顾的菜花，又分明和别处的菜花不一样，它浸染了水的灵气，得道成仙了。坐小船，从一条河，拐进另一条河。沿岸铺开的，除了菜花，还是菜花，一垛一垛，垛垛灿烂。像巧手绣上去似的。绣？太慢了。它更像是谁提来黄漆桶，拿把大刷子，刷刷刷，埋头一气乱刷，给刷出来的。

河不规则，曲里拐弯，游蛇一般的。那一垛垛菜花，也跟着曲里拐弯。你很想到那尽头去，然寻到尽头，又进入另一条河道。河与河相通，连环套儿似的。两岸又是垛垛金黄，你走进迷宫了。你疑惑，那菜花是开在水上的，它们甜蜜安详，与水嬉戏。而你不过是个莽撞的客人，误入了它们的领地。惊起一滩鸥鹭？鸥鹭是没有的，船头上，有几只蝴蝶在舞翩跹。问，这蝴蝶怎么不去菜花地里，而飞到船上来了？那边答，是因为船上装满菜花香的。

这回答妙。想想吧，船一直穿行在菜花垛里，哪有不被菜花香浸透的道理？在这垛垛金黄里转着圈儿，水是菜花的，船是菜花的，人也很菜花了。人间仙境，莫过如是。

当地人却平和得很，他们日日与这样的景色为伴，已与它浑为一体。扎红头巾的女人，慢慢摇着橹，目光散淡地落在那些菜花垛里，脸上波澜不现。问她们，这油菜，是为了举办菜花节特意种上去的么？她们说，不是啊，是随便栽种的啊。她们说，早些年，这垛上就这么长着的。她们说，等菜花谢了，就放了船来收菜籽，每家都有好几条小船的，我们出门就靠船呢。她们说，菜籽收过后，这些垛上，该长芋头了。

到古镇去寻古

古镇真的很古，始建于唐开元元年，且有个让人浮想翩翩的旧名——东淘。东临大海，大浪淘金——金是没有的，却有盐，至清嘉庆年间，这里已有灶户 19694 家，灶丁 48413 名。傍镇有南北贯通的串场河，河面上整天船只往来，桨声欸乃。去时运盐，回时黄石板压舱。一日一日，那带回的黄石板，竟在镇上铺出一条七里长街。

有街，人烟必旺。于是，一家一家的店铺林立起来，连成一片，连成黛青色的丛林。飞起的檐上，乌青的瓦当，展翅的燕似的，歇在上头。上面刻着"福""禄""寿""喜""财"等吉祥的字样。做买卖的乡下人，肩上担一副担子，担子上搁着乡下的土特产。有时他会带了小儿来看稀奇，手里牵着，走上街头。那小人儿哪里见过这等热闹和繁华？脚步迈不动了，眼睛不够转了，隔着行人缝隙，指指店铺里那花花绿绿的糖人要买。指指冒着热气的肉包子要吃。乡下人节俭，也不富裕，哪能都满足了？被做父亲的呵斥着一路走去。也有耍杂耍的，沿街的铜锣敲得当当当，找一块空地，一圈的人，立马围了去。

这是当年的尘世喧闹，如春天的金盏花开，瓣瓣都是金黄的灿烂。历史翻转过一页，再一页，千年时光，也是悠悠过。我在一个冬日的黄昏，走近古镇，一个人。街上有另一番尘世的热闹，现时的。商店的音响里，放着流行歌曲。卖水果的摊儿，恨不得摆到街中央，蜜黄的是桔和橘，青中带红的是苹果。我绕过那水果摊，去寻七里长街。问街上走着的一个人，知道七里长街吗？他纳闷地看着我，笑问，哪里有？

亦笑。真的呢，历史已走了这么久这么远，好多的痕迹，早已被风吹雨打去，哪里可寻？但到底还是留了痕迹。黛青的房，在小巷里。明清时的建筑呢。门板已风化成紫黑，门板上的铜锁扣，锈迹深重。轻抚，感觉手底下，有历史的风，猎猎吹过。我与谁的手印重叠了？谁又曾在这个门里，笑望月升日落？不可知了。抬头，那乌青的屋脊上，长一蓬狗尾巴草，在这个冬日的黄昏里，它们很深沉地沉默着，仿佛也是一段历史。

小巷静。有的房内还住着人。有的房内，已不住人了。房都是几进几出的，好内容全在深深处，一家老小的饮食起居都在里头。有花草长得茂盛。庭院深深深几许。天色渐暗，老房子里的光线，便彻底地暗下来。探头过去，需要静等几分钟，方能隐约看见屋内的人和物什。有剃头师傅，还使着老式的剃须刀，不紧不慢地在给一个顾客剃头发。剃头师傅很老了，顾客亦很老了，他们的身影，隐在一段幽暗里，是一段旧时光。没有什么声音可以打扰他们，他们在旧时光里，安详。

再有一间房，房内摆满布鞋，一个老人，正抽拉着鞋线在做布鞋。我想起那些年月，母亲坐在煤油灯下纳鞋底，白棉线抽得哧哧哧的，冬天的深夜，因此有了温度。沿着黄石板铺成的街道，慢慢走，这上面，不知走过多少双布鞋呢，不知走过多少母亲的牵挂和疼爱。

富商也好，盐民也罢，总有一个母亲，在为他祈愿，岁岁平安。这样一想，再古老的历史，不过是母亲的历史。

真的就见到一个母亲，很老的母亲了，百岁老人呢。七十多岁的儿子，守着她，在老房子里过。我进去，老人拄着拐，站门边，笑微微看我。她的儿子是她最好的讲解员，讲她这么大年纪，还穿针走线，吃饭穿衣，都是自己打理。还说一事，说她自从嫁过来，一直义务清扫周围的街道，前两年还清扫呢。儿子说时，做母亲的一直侧耳倾听着，很放心很满意的样子。上帝厚待仁厚之人，这个老人，就是最好的见证。我转头，看到几盆植物，在小院子里，绿得欣欣向荣。

保存完好的鲍氏大楼是必去看一看的。建于清代的鲍氏大楼，一律的徽色建筑。这里曾经车如流水马如龙，是占地三千多平方米的钱庄，房屋一直延伸到串场河边。每间房的设计都独具匠心，连支撑柱子的石础，也马虎不得，上面精雕细琢着一些动物或花卉。鲍家有后人，守着一间房。是个很精神的老阿婆，围着家常的围裙在做家务。见到有人去，笑着搭话，伸手一指案桌上一个相框，里面一男子风度翩翩。那是我男人，她说。

我笑。无端地想起一首词来，雕栏玉砌应犹在，只是朱颜改。出门来，院子里静。照墙站成喑哑的暮色风景，下面爬满岁月暗生的绿苔，不见了曾经的车水马龙。有人在照墙上探了头看我，忽又隐到后面去了。四周真静啊。

沿了麻石板铺成的小甬道，一路西行，搭眼望去，就是串场河了。当年河水涟涟，波光桨影，现而今，河已塌陷，水也很浅了。这个季节，荒草和芦苇，都顶着一身的枯黄，让人心里顿起凄凉之感。无论岁月曾经如何繁华，谁能拽住岁月的衣襟呢？我们能做的，一是怀念，二是珍惜。

还有汪氏建筑群。还有吴氏家祠。还有万氏古宅、郝氏古宅。还有朱家大院、曹家大院。还有钱维翔故居、袁承业故居……

九坝十三巷七十二个半寺庙，到底是怎样的鼎盛？

那里，盐民哲学家王艮在漫步。平民诗人吴嘉纪在徜徉。

风从南边吹过来，又从北边吹过去。“扬州八怪”之一的郑板桥，对着秋风吟出“一庭春雨瓢儿菜，满架秋风扁豆花”，现世安稳的模样。他住过的大悲庵呢？那里长一棵苦楝树，有鸟从光秃的枝头飞过，一路高叫着飞到别处去了。

人类的承接，原是错综纠缠的脉络，树根似的，盘结而下，与坚实的大地紧紧相连。当我们触摸到那个源头时，我们懂得了，历史的另一个名字，叫厚重。我们唯有尊重和敬畏。

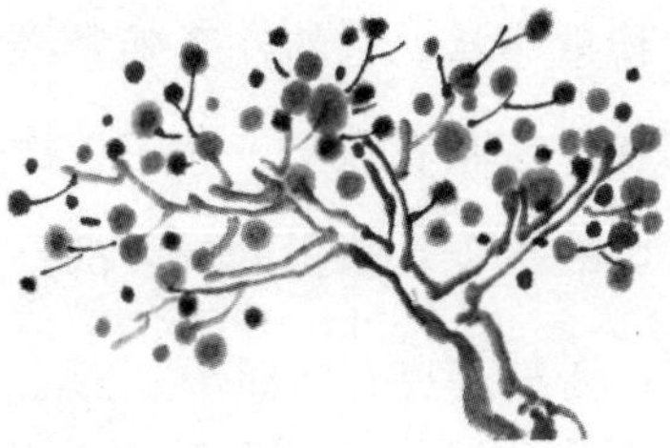

佛不语

去威海，是要去赤山看看佛的。

它原是住在赤山红门洞里的山神，被称作赤山明神。赤山因它，成为东方神山，名扬天下。传说其法力无边，福佑大千，功德无量。在日本、韩国也备受推崇，那儿的许多寺院里，至今仍供奉着它。佛不分国界，佛光普照。

赤山山势起伏，壁立千仞。旁有大海缠绵悱恻，海水湛蓝。阳光下，海水闪着绸缎似的光泽。佛坐在高高的山巅之上，坐南朝北，面向大海，目光平和，稳重厚笃。它的左手随意搭放着，右手臂提起在胸前，手掌向下。如慈母在照看孩子，孩子正蜷伏在她的怀里呢，她提起手臂，想抚摸自己的孩子。哪里的佛，都是这样的，身上罩着母性的光芒。世上母亲，原都是佛。

我们一路行去，阳光透明，反倒蒸腾起一片雾霭，如轻纱缥缈。赤山便笼在这样的轻纱里，梵宇僧楼，婉约其间。不时相遇到绿树红花，人一样的顾盼生姿。你停下，与一棵树，或是一朵花对视久了，不由得笑了。到底是神山啊，那树那花，仿佛就要开口说话。

大佛高达五六十米。人站在下面，人如蚂蚁。我们这群蚂蚁仰望着慈眉善目的大佛，心像被什么点化了似的，一时安静无语。对佛，你可以不信，但不可不敬，这也是对他人信仰的尊重。

年轻的导游小姐考我们，你们知道佛的右手掌为什么向下吗？大家说出的答案五花八门。最有趣的一个答案是，佛要伸手拿东西吃。这是烟火凡尘里的佛。大家都笑起来。

真正的答案却是，海上多风浪，佛掌向下，是为了抚平海上风浪，让出海的渔民，和过往的商贾船只，能安全上岸。所以，当地人逢年过节，或是出海远航，都要到佛前拜一拜的，求健康求平安。

同行中一大男人突然问，灵吗？

导游小姐回眸一笑，说，当然灵，只要你心诚。

男人立即面对佛像，双手合掌，目光低垂，如此长达五六分钟之久。等他拜佛完毕，大家取笑他，你也信这个？他笑了笑，没说什么。后来才听他说起，他的妻子生病不断，他拜，求的是心安。

同行中一女孩，一路之上，很少说话，心中似有悲痛无法化解。当我们踏上一百零八级台阶，抵达佛殿，看到她正低眉敛目，跪伏在佛前。我们没有打扰她，默默绕开去，在殿外等。

许久之后，她出来，脸上现出笑容，人也变得活泼起来，主动跟我们提出，要和我们合影留念。她心中的结，一定对佛讲了。佛不会背叛，不会泄密，佛是最好的听众。

我们下山去，相遇到另外几拨人上山，他们亦是来看佛的。佛不语，它坐在高高的山巅之上，一日一日，守望着红尘万丈。你来，或者不来，它就在那里。大爱无言，大音希声，这是佛的力量。

人间的羊卓

从海拔高 5030 米的甘巴拉山口下来，远远就望见了一枚蓝，像块蓝宝石似的，镶嵌在喜马拉雅群山之中。又似一根蓝色绸带，系在山腰间。导游小闫宣布，羊卓雍措到了。

羊卓雍措，在藏语里是“碧玉湖”“天鹅池”的意思。它是西藏的三大圣湖之一，是喜马拉雅山北麓最大的内陆湖。因汊口较多，像珊瑚枝一样，藏人又称它为“上面的珊瑚湖”。

一车人激动起来，啊啊啊大叫，手舞足蹈，恨不得立即跳下车去。司机见多这样的场景，他笑了，慢条斯理说，别急，车可以停到湖边去的。

真的靠近了。眼睛和心，立即被蓝填满。那是怎样的一汪一汪蓝啊，比天空的蓝更深邃，比大海的蓝更醇厚，蓝得一心一意，蓝得彻彻底底。仿佛蓝缎子似的，在阳光下抖开，风华绝代。又如凝脂，蓝的凝脂，细腻圆润。我的耳边响起当地民歌：天上的仙境，人间的羊卓。天上的繁星，湖畔的牛羊。

湖这面有高高的草甸，碧绿的草，密密匝匝。湖对面有像版画似的山，山脚下绕着绿的青稞黄的菜花。天空蔚蓝，白云几朵，与蓝的湖相互辉映，摄人魂魄。我的高原反应激烈，呼吸渐感困难，但我还是坚持下了车，手脚并用爬上湖边的草甸。

草甸上，一群忘乎所以的游客，在清冷的风中载歌载舞。然歌声也只响亮了一会儿，便停息下来，高原氧气不足，实在不宜大声。那么，就静静的罢，我坐在草甸上，面对着温润如玉的湖，有一刻，我不能相信自己，真的就来到了这个地方。是我吗？是我吗？我这么问自己。浩渺的宇宙中，我也是一个存在，如这片海拔高 4441 米的湖。我为这个存在，感动得双眼蓄满泪水。

我的身旁，出现了两个十八九岁的男孩，他们戴着头盔，腿上绑着护膝，脸庞黝黑，风尘仆仆。他们先是怔怔地望着这片湖，而后，双膝突然跪下，对着这片湖，哭了。

我从交谈中得知，这两个孩子是武汉某大学一年级学生，对西藏一直很神往。暑假前，同宿舍五六个人一合计，决定骑车进藏。途中，有四个同学先后撤退，剩下他们两个。为了省钱，他们没住过一天旅舍，没进过一次饭店，困了，就睡在随身带的睡袋里，饿了，就吃一些饼干或是方便面。也曾想过放弃，但却心有不甘，神圣的土地就在前方，他们一定要踏上它，也算完成人生的一次挑战。最后，在历经一个月零六天之后，他们终于到达拉萨，到达这里。

我祝福了他们。我想，他们吃得了这样的苦，将来的人生，还有什么坎不能迈过去呢？

风凉，湖边不能久待，短暂的会晤，我们不得不离开。我们各自上路，萍水相逢，却有了共同的思念，这片湖，这片蓝，将几回回梦里相见？

同行中有人叹，真想在这湖边搭一座小木屋，日日与这美丽的湖相伴。立即有人接话了，这么高的海拔，你待一会儿可以，待上十天八天的，怕是小命早没了。我在一旁听得高兴，这真是好，它美得高不可攀，这才保持了它的本真。如佛祖流下的一滴泪，永远纯洁晶莹在那里。

雨探宏村

宏村，安徽黟县的一个古村落，始建于南宋绍熙年间。原名弘村，取弘广发达之意，清乾隆年间改名为宏村。村落背山面水，开仿生学之先河，建造了堪称“中华一绝”的古水系牛形村落。村中鳞次栉比的古民居，没有多余的色彩，就是黑与白。白的墙，黑的瓦，一清二楚着，又是眉清目秀着，被誉为“中国画里的乡村”。

去宏村那天，天公不作美，雨缠绵地下个不停。游人却不见少，游客们裹着雨披，撑着雨伞，摩肩接踵。雨披和雨伞的色泽多艳丽，如同千朵万朵繁花开。一个黑白世界，被点缀得五彩斑斓，活生生绘出另一番景致。

村口两棵古树，被当做村的“牛角”。一棵红杨树，一棵白果树。都五百高龄了，却不显老，在雨水的洗濯之下，叶片儿绿得发亮，蓊蓊郁郁，笑迎四方客。

入村，扑面而至的是一面湖。湖叫南湖，是宏村的“牛肚”。湖有些袖珍，稍稍抬眼，就可以望到对岸。一汪细波轻翻的水，清得粉绿粉绿的，很柔嫩的感觉。一只水鸭，白身子灰掌，在湖中一方裸露的石头上，漫不经心梳理着羽毛，悠然自得。有游人拿它做背景拍照，它不惊不乍，一副见多识广的模样。

去探了南湖书院。这是当年徽商们教育子孙成才的地方，里面刻有朱熹的治家格言，供有孔子像。他们设学堂，请先生，大开重文化重教育之风。而他们自己，也熏陶成了儒商。

游人们涌到一幢非常气派的古宅院里。我跟进去方知，那是被喻为民间故宫的承志堂。当年，发达起来的徽商汪定贵，带回金银细软无数，破土动工砌了这座宅院，前后花费五六年的时间，单单天井就开了九个。宅子里的每一方砖，每一截木，每一块石头，无不用尽匠心。上面的雕刻，精湛非常，随便取下一小块，都是非同寻常的艺术奇葩。比如，那横梁上的百子闹元宵图。一百个小儿神态各异，活泼伶俐，令人叹为观止。民间多能人，从这里的砖雕、石雕和木雕上，更能说明这一点。——离艺术最近的，往往是民间百姓。

游人们随着导游，捉迷藏似的进了一间又一间房，不时发出惊讶的叹声！我独独对小姐的绣楼感兴趣，天井敞亮，雨悉数落下来，润泽着几盆盆景。抬头望，楼上暗得很，四壁都被严实地圈住，圈成一个笼子。我想，若是有来生，她当不愿生在这等富贵之家，做那笼中鸟罢。她情愿做寻常人家的女儿，汲足在南湖边，浣衣于月沼畔。

月沼其实是人工开挖的一方池塘，呈半月形。塘边的徽式建筑，错落有致地排列着。水映着房，房衬着水，形成独特的人文景观。

至于月沼为何挖成半月形，有不少的传说。其中，我最喜欢的是关于一个女人的。那个女人叫胡重娘，她的男人和大多数商人一样，重利轻别离，几年难得一回见。她便出资挖了这方池塘，以寄托相思，取花半开、月半圆之意。

站在月沼前，我望着那一池碧清的水，无端想起苏东坡的词：月有阴晴圆缺，人有悲欢离合，此事古难全。好在花半开，月半圆，还让人存着念想。再等等，再等等，总也能等到花好月圆的那一天。

泉州，泉州

一

十一月末，我到泉州，泉州用雨迎接了我。

小雨下了一天一夜。

我住在风雅颂书局的民宿里。民宿在五店市，栖身在一群老建筑中。

月洞门进去，有小小院落。红红的院墙上攀着三角梅。在南方，见多了这花，它一旦开起来就没完没了，用汹涌澎湃来说它，一点不过头。打扮得又艳丽又妖娆，或一身红彤彤的红，或一身富贵昂扬的紫，或一身橘色，或一身素白。它让人误以为它就是风华绝代的，真是聪明得有些狡黠了，鬼精灵般的。其实呢，它的花朵，细小得很，乳黄，藏在艳丽的三枚苞片间。如它这般懂得包装自己的花，少见。我每回见，每回都要惊诧惊喜。

院落的花架上爬着蜜豆花，现时不见花，只见叶。这也是好的。密匝匝的叶片，油亮油亮的，它们倒垂下来，跟耍杂技一般。花架下安放着一架秋千，秋千上没人荡的时候，就荡清风，荡日影，荡星光，荡雨声。

雨声真好。我在二楼的廊下听雨，廊下置有茶桌，背后倚着一簇茂密的竹子。雨滴答滴答，如弹六弦琴。苏东坡的赏心事里有，微雨竹窗夜话。又有，雨后登楼看山。我轻易就得到了这样的赏心事。

当然，夜话最好不要，我情愿沉默。在这样的老房子里，实在不宜多话，就听听雨敲竹叶吧，一声一声里，敲的都是从前的韵律。从前的那户人家，去了哪里呢？我在那木门上，闻到了面线糊的味道。还有润饼的味道，薄薄的面皮里，包着万般滋味。在这里，芋头可以跟南瓜相亲相爱，鸭蛋里可以灌进去肉末。甜汤里的芸豆，吃起来很面很面。牛肉羹上飘着绿绿的葱花。还有土笋冻。还有海蛎煎。风雅颂书局的创始人连真每说起一道家常菜，眼角眉梢都是陶醉，都是欢欣，似乎泡在自家厨房的样子。我喜欢她这个样子，温软，喜悦，沾着烟火。一路的艰辛都藏起来了，一路的风霜都淡去了，没有了雷厉风行，她只是这般，为美食低头的家常女子。

雨后登楼，实在美妙，天蓝得阔绰，云也白得阔绰。蓝天下的五店市，给我闾阎扑地之感，红墙红瓦，一派的喜气洋洋。最有意思的是屋顶上的燕尾脊，不精雕细琢是不能够的。砖雕、石雕、泥雕、瓦雕、木雕，各种雕绘手艺齐齐出马，人物鸟兽花卉应有尽有。看久了，我老疑心屋顶上搭着个戏台子，趁我一不留神，那戏，就开演了，锣鼓铿锵响起来，人物鸟兽也都活动起来。

巷道里有回响。有老师领着一群小学生，一幢房子一幢房子参观，孩子们叽叽喳喳如撒欢的雀，他们好奇着旧房子里从前的那些老物件。闽南人爱把房子称厝，这“厝”字令我着迷，是屋子里住着昔日啊，或宋代，或明朝，或清朝，或民国。我似乎看到，从那旧旧的院落里，走出一个烧火的丫头，红衫，蓝裤，两条小辫子，辫梢上缠着红头绳。亲切啊，我小时的模样！远隔着岁月的长河，远隔着千重山，竟遇到一样的烟火。

烟火？对，满大街的烟火气。一孩子告诉我，老师，我们泉州的面线糊好好吃啊。我真的去找来吃。巷道里的小店，陈设简单，熬得黏稠的骨头汤里，游着银鱼一般的细米粉。只能喝，不能捞着吃，捞是捞不上筷子的，许是因为如此，才叫面线糊吧。我喝了，并非如孩子形容的那般好吃。然我又深知，孩子说时的真诚。味蕾只忠实于热爱它的人。

晚上九十点的时候，我和我的同行者一起，在五店市内闲逛，我们去寻找好吃的。街头的热闹渐渐散去，一家一家的店铺，关门了。一枚月亮，突然从一棵榕树的后面爬上来，明晃晃的一张脸，像朵丰腴的白菊花，照亮了燕尾脊屋顶上的那些彩雕彩绘，是凤凰，是老鹰，是牡丹花开，是彩衣彩袍的信男信女。我又疑心那里搭着个戏台子，耳边有梨园戏曲响起，咿呀旖旎。唱的是什么呢？是泉州的从前呢，男人们远下南洋，女人们倚门数着日月。侨批往来，装的是数不清的想念和牵挂。他称她阿欣，给她寄信寄钱。信中万言千语，殷殷嘱托，一定要孝顺父母，教育好子女，督促子女多读书，勤修德，"淡饭粗衣未足羞，心田失种却堪愁"。寄来的银钱，买下砖瓦木头，砌出一进落二进落三进落的房，门框上刻上这样的家训：读未见之书如得良友，见已读之书如逢故人，可谓好学。

天上的月亮真亮啊。我怔在那里，被摄去魂魄。

二

我问泉州的孩子们，爱你们泉州吗？

爱！孩子们异口同声声音嘹亮。

我感动于这声“爱”。倘若一个人连自己所在的家乡都不爱，又谈何爱远方？

孩子们的眼神清亮，他们七嘴八舌，从泉州的美食，到美景，一一道来。其中有个男孩子很动情地给我讲了他父亲的故事。他说父亲遭遇过很多很多艰难，却一直一直很乐观，从来不曾放弃过对生活的热爱。所以，他爱他的父亲，爱他们泉州人。

我为之动容。

人永远是这个世上最美的风景，我们留恋一个地方，多半是因为这个地方的人。

我也就很留意很留意地看泉州人。无论大街上，还是寻常小巷里，我在泉州人的脸上，都看到了两个字，这两个字，叫从容。历史上，泉州曾因其形状颇像一条鲤，被称为鲤城。我觉得这名字的贴切，再看泉州人，可不就是一条一条鲤么，有见惯了风浪的处事不惊。

这里的人家家家事茶。不管是富贵的，还是贫贱的，家里一套茶具是必备的。你随便走进一家店铺，随便推开一扇门，首先映入眼帘的，必是摆得端端正正的茶桌，上面搁着一套考究的茶具。喝茶吧。——好，喝茶吧。人就坐下来，茶就奉上来。一泡，两泡，三泡，四泡，天光还亮着，不要急着走，且慢慢品着吧。茶是铁观音，这里人的最爱。家家都喝。孩子从会吃饭起，就会喝茶。最好的当然是春茶喽，五月里头采，没打过农药，纯天然的，头茬芽儿呢，有乳香。

他们就这么喝呀喝呀，从从前，喝到今天，祖祖辈辈，喝出一条不间断的小溪流，在一代一代泉州人的身体里，温温热热地流。

我住的民宿，是唤作“春耕”的套房，里面也摆放着一套精美的茶具。我泡了茶喝，一边看门上对联：“好书悟后三更月，良友来时四座春。”真是爱极这“四座春”。一杯两杯茶入喉，满室生香，四座春光明媚，我竟好似生来也是个泉州人，举目皆是温暖亲厚。

三

泉州人信佛。人人信。

连真说，她每天早起做的第一件事就是，净手拜佛。啊，然后，一天都是信心满满的，她笑。她这么说着时，整个人都散发出光芒来，喜悦、热忱，还有，洁净。

我偏过头去，静静看她，竟有些羡慕起她来。

街上，各佛混居，从不争吵。是基督教也好，是清真寺也好，是开元寺也好，是文庙也好，是关帝庙也好，是摩尼教也好，在泉州人的心里，都是佛，都值得拜一拜的。我想，大开，才有大合，心胸宽广，天地才会宽广，也才能让每颗灵魂，都找到落脚的地方。

古老的开元寺是泉州的一张名片，外来的客人是不能不去看一看的。受连真所托，接待我的李以健老师，讲解得特别认真。开元寺的前世今生，每个雕像，每块石碑，都装在他心中，诸神的来龙去脉，他都道得一清二楚。

寺里古树参天，榕树、菩提树，又有桑树。一千多年的桑树，是佛。桑树上开莲花，这才有了开元寺的前身——莲花道场。有人追问，桑树上果真的开出莲花吗？李老师笑答，信则有，不信则无，佛在心中。

桑树曾遭雷劈，曾被风摧，一根树枝刮落，竟落地生根，长出另一棵桑树来。又从树上旁生出一棵桑树来。一树生三树，葳蕤成一片。李老师说，每回一遇大风，他就担心这树，跑来看，看它好好地在着，方心安。

双塔是中国现存最高的一对石塔，分别矗立在开元寺的东西两侧。塔共五层，上面雕塑着无数的人物故事。每一个图案，都是一场修行。我在听李老师讲那些传说故事的时候，老是走神，耳边似乎响着当年那些工匠挥动凿子的声音，当当，当当当，一锤一凿，都是梵音都是钟声。跋山涉水的僧人，最终到达心中的光明。我想，信仰，才是天地间唯一的神明。信仰不丢，人的精神才不会丢。

亦去了草庵，世上唯一仅存的摩尼教寺庙，建在华表山的南麓。一进庵内，就看到依山石刻的一圆形浅龛，龛内供一尊摩尼光佛，脸庞饱满，肌肤圆润，慈眉善目。看久了，仿佛他搁置在腿上相叠的双手，会伸出来，招引你坐他跟前去，道一声，喝口茶吧。

一瘦小的僧人，坐在东厢房的门口，在一圈暗里头。那儿，曾是弘一法师住过的地方，他先后在此住过三个月，最后在泉州圆寂。庵内的柱子上，有一副他手书的对联：

草积不除，时觉眼前生意满；庵门常掩，毋忘世上苦人多。

世间浮华，前赴后继。难怪在他圆寂前，给世人留下四个谜一样的字：悲欣交集。后来人有千万种解读。在我看来，世间事本是有悲有欣，相互渗透，就看你能不能参透，能不能放下。

山有趣，去登山吧。落叶不扫，兀自在山路上铺积。沿石阶上去，不时有花扑过来，我一一去辨认，这是鬼针草。这是马缨丹。这是龙船花。这是假还阳参。还看到三角梅，它居然跑到这座山上来了。

我觉得泉州人真奢侈，可以把花像养小猫小狗似的养着，让它们四处溜达。你在泉州的大地上走着，一不留神，就被一枝花碰了头。哎，又是红妆妖娆的三角梅。或者，就是着紫妆的马缨丹。九里香在一个古老的院落里香着，引得人去寻香。我在一条竹径上走着，两旁的桂花香得撩人，我摘些装口袋里。后来我掏纸巾擦鼻子，鼻子很快乐地打了个喷嚏，——被袋子里的桂花香熏的！我突然地，很爱泉州。

有鸟声不知响在哪棵树后面。僧人寒山有诗云："鸟语情不堪，其时卧草庵。"太阳好好地照着，鸟声好好地响着，花朵好好地开着，我真想就此找一处草丛卧下，什么也不想，就这么看看天，看看地，也是好的。

山顶上铺满鬼针花，山崖边，立着一簇簇茅花，做鹤欲飞。我站在山顶，看山下的泉州，一丛茅花，跟着我一起看。那里，烟火人间，热气腾腾，生生不息。

离开泉州的前一晚，我在春耕套房里写下这样的留言：

我在这里，望过月，望过云，听过雨打竹叶，抚过木门上从前的气息，那落在上面的烟火，烫疼了我的手指。我知道，我会怀念。

我现在，已经开始怀念了。

乌镇

我去乌镇前，先转道去浙江的平湖，息脚在做生意的朋友那儿。朋友听说我千里迢迢，只为奔乌镇去，很不以为然地笑了，说，乌镇有什么好看的？尽是些老房子，老街道，还不如去离这儿不远的南北湖，那才叫好看呢，有山有水，还可以坐汽艇玩，很热闹的。

想来是这个理啊，老房子在江南不属稀奇，哪儿都有几幢的，无非是粉墙黛瓦，画梁雕柱，再加上一些岁月的青苔，茸茸地长。可还是执意要去，感觉里，乌镇就是有些不一样的。

待我真的置身其中，我才知道，我为什么要千里迢迢奔它而来。它从根子底部散发出的优雅，无与伦比，让人震撼。房对房，檐对檐，窗对窗，排门对板门。黛青的瓦，灰白的墙，拓展出一条千年的老街，蜿蜒曲折着伸向前去。望不尽的悠长。而水阁和廊桥，错落有致地排列于河沿两岸。沿街伸出的旗幡，古朴的小店铺、酒肆，延续的都是千年前的模样。只是繁华落尽，悠悠然过着的却是，最为寻常的小户人家的日子。

是的，小户人家。他们都当街而居，大门洞开，里面的一应摆设，尽收眼底。绛色的旧桌椅。白底子蓝花的器皿。迎面的条几上，泥盆里，有花，开成一簇红艳。饭时到了，一家人正围桌吃饭呢，大米饭，炒竹笋，红烧鱼，外加蛋花汤。简单的饭菜，家常的日子。你这边才探过头去，一家人的微笑，就送上来了。无须多话，尘世里的相遇，有时，只需一个微笑，那种亲切，就能抵达心窝。

放轻脚步，缓缓走近另一户人家。主人出门去了，院门敞着，任由人进去。我抬首，在那古老的大门檐上，看见四个字：厚德载重。到底明了，这样一座千年的古镇，因何有那样的淡定和从容。

百床馆里，有上百架宁式大床静卧着，几进几出，无一处不精雕细琢，极具匠心。花鸟鱼虫，人物珍禽，依稀遥见当年的繁华与热闹。

酒坊的酒酿得正好，是乌镇出名的三白酒。胖胖的酒瓮，一个个憨憨地蹲着，成百上千，很是壮观。蘸一点尝，甜香，微辣。

布作坊里，织机还在吱呀作响，仿佛从千年之前响过来，一直未曾停息过。瘦削的老阿姨，在织机前坐着，埋首织着布。而染坊门前宽阔的晒场上，搭着一排一排高大的木架，须高仰着头才能望上去。木架上，垂挂着刚刚印染好的蓝印花布，一片蓝海洋。风吹过，犹如千帆扬起。而这些蓝印花布，日后会成为蓝花小袄、蓝花筒裙、蓝花头巾、蓝花小包、蓝花伞……静静飘在古镇的巷陌、里弄、石桥上，韵味悠长得像越剧。便很想穿一袭蓝印花的衣裳，撑着蓝花伞，于微雨的天，走在那巷陌之中。身旁突然传来童稚的笑声，两个当地小孩，追逐着，跑到一片蓝花布的海洋里去了。

茅盾故居是必去的。乌镇历来文人荟萃，人才辈出，如梁昭明太子及其老师沈约，一代丞相裴休、陈与义，更有藏书家鲍延博，光绪帝的老师夏同善。茅盾故居是几进几出的小院落，先生当年的生活起居尽收眼底。书斋门前，长有一棵葡萄，上面绿意荡漾，不知是不是先生当年植的那一株。庭院深深，有鸟从屋檐上空悄悄飞过。逝去的一天，又将成为历史了。

镇上到处有卖姑嫂饼的，酥白的一小块，放在一方小盒子里。买两块，尝，又香又糯。问当地人，这饼，是不是小姑与嫂嫂一块儿做的？当地人笑，给我讲姑嫂饼的来历，原是小姑跟嫂嫂斗气的。小姑家有祖传的做甜饼的秘方，但传男不传女，嫂嫂继承了秘方，做了甜饼卖。小姑心生妒意，趁人不注意，抓一把盐，撒到那些甜饼上。结果，这样的饼，反而比原先的要好吃得多，油而不腻，甜中带咸。于是姑嫂饼的名声就传开了。

我笑，真是无心插柳柳成荫的。一边吃着姑嫂饼，一边四处闲逛着，曲曲弯弯的巷道，四处相连着，你不知道你踩在谁的梦里面。

禁不住乌篷船的诱惑，我跳上船，六十块钱一个人，可沿河转一圈。在船头稳稳地坐下，眼光悠悠放开去，仿佛去赴一个千年的约会。沿河一排一排的红灯笼，倒映在水里，波光碎影，荡出一片绯红，惹得人直直想伸手在水里打捞一把。问摇橹的船娘，会唱歌么？她答，会。张口就来一句，人说乌镇好风光。竟是改版的《人说山西好风光》。那声音，绝对的草根，原汁原味，滋味醇厚。

上得岸来，船娘建议，你们可以去看皮影戏呀，那是我们乌镇的一大特色呢。皮影戏我知道，是些纸人儿，被人牵着，不停地作着揖，演绎着千年人生。我在大太阳底下愣怔了一会儿，说，还是不看吧。后来我一直在想，我为什么不看呢？我原是怕日后的记忆，太过饱满，我要留点空白，好时时回想的。

走累了，去茶楼喝茶。茶楼傍河而倚，宁静恬淡。一步一步，踏上木级楼梯，穿蓝花布衫蓝花布裙的茶楼女子送上茶来，轻言慢语一声，您请。就兀自下去了。茶是乌镇特产杭白菊，菊在沸水里开，清清淡淡，是素妆女子的笑靥。

凭窗而望，望见隔河人家房屋的顶，一棱一棱黛色的瓦，高低错落地密布着，淡墨染过似的，直铺到天边去了。临河的窗台上，摆满泥盆儿，里面长着些花草，有些花已经开了，从绿绿的叶间，冒出一点两点的艳红。我们猜着，那是些什么花。指甲花？杜鹃？海棠？一旁的陌生游客搭腔了，那好像是九月菊的。回头送他一个笑，虽是陌生相逢，但心灵之间的某根脉络，在那一刻相通。

突然有小吊桶从对面的窗口落下来，是一个小女孩在用吊桶打水。我饶有兴趣地看着，吊桶缓缓落到水里面，打满水，又被摇摇晃晃地提上去。像梦。有乌篷船这时咿咿呀呀摇过，头戴蓝花巾的船娘，很有韵味地摇着橹。想起茅盾先生在散文《大地山河》里写乌镇："人家的后门外就是河，站在后门口，可以用吊桶打水。午夜梦回，可以听得橹声欸乃，飘然而过。"那是怎样一种俗世的沉静与热闹？

茶楼女子上来续茶，动作轻盈。十块钱的菊花茶，可以让你尽情地喝。如果你愿意，你亦可以在这儿坐上一整天，绝对没有人来打扰你。饿了，可以就着菊花茶，吃乌镇的特产姑嫂饼，香甜可口，入口即化。

在这茶楼里坐久了，我仿佛也成一朵菊，浸泡在乌镇千年的酽水里……

水做的凤凰

一

坐上从上海开往吉首的火车，我千里迢迢，去凤凰。是午后时分，窗外的阳光淡淡的，天空不是很透明，给人水水的感觉。车子经过一些村庄，树，庄稼，人家的房子。还有一片荷花地，花半开，给人留下无限的念想。我一边看着窗外，一边读着沈从文的《湘行散记》，我读到这样的几句话："橹歌太好了，我的人，为什么你不同我在一个船上呢？""我真希望你梦里来找寻我，沿河找那黄色的小船！在一万只船中找那一只。"木筏上，火光星星点点，吊脚楼上的人声，如在耳边，还有羊的梦呓，狗的叫声……这是沈从文的当年，当年他别了张兆和，一个人舟行水上，远回凤凰看病危的母亲，一路之上，铺写下数不尽的思念。我看到这里，心软塌塌的，像蒸熟的年糕。这样一个慈悲的男人，这样一个慈悲的男人啊！

天黑下来，山影幢幢。远山的灯火，更像渔火，一星点的红，是暗夜里盛开的花朵。像舟行水上，我也是那个思念的人。我读到这样一句话了："我不想就睡，因为梦无凭据，与其等候梦中见你，还不如光着眼睛想你较好！”

这个水做的男人！我也不想就睡，我要睁着眼睛到凤凰。

二

晌午时分，我终于到达凤凰。太阳姣好。

扑面而来的，是湿润的水的甜味，清凉的。

拖着行李，在沱江上游来回折腾，我要住的是真正的吊脚楼：沿江有窗，窗内有女子，露出半截红的袄或绿的袄，探头对着江里船上的人儿叫："你要记得我跟你说过的话呀。"船停江边，他是她的情郎，每月里，总有几日来相聚。她给他备上炒好的山核桃，留他路上吃。这是沈从文写的《一个多情的水手和一个多情的妇人》。人间情爱，原是不分贵贱的。

江边客栈多。多是自家开的，挂的牌子名称好听得让人心动不已，什么"沱江人家""翠翠客栈""凤凰人家"……我住的一家叫"北门河边客栈"，名儿叫得一般，但地理位置好，窗下就是沱江，拴许多只游船。每日里，游客们从这里出发，漂往下游。江边，停一小舟，舟上有两个着盛装的苗家妹子，用山歌迎来送往着游船。

我伏在客栈的窗口听山歌，我也唱山歌。很快乐。

三

出客栈，去逛古城。

有当地女子迎上来，热情相问，要坐船吗？她说她家有小船，坐一个来回，一人只需二十元。我心里暗叫，这么便宜！是的，这地方什么都便宜得要命，无论住宿，无论吃饭。

女子的脸庞黑黑的，瘦瘦的，连带了笑容，也是黑黑的，极朴实，让人没有距离感。我在心里想着沈从文写的翠翠，也是一张黑黑的脸蛋。突然觉得，黑肤色的女子，很好看。

答应那女子，一会儿去坐她家的船。女子很开心，陪我逛古城。我问，知道沈从文不？她笑了，怎么不知道？他是我们凤凰的名人呀。我笑，心中有感动。

古城美得让人窒息。每一块砖，每一扇门，都是漂亮的。青石板，木头房，家家门前都挂着红灯笼，里面的陈设，透着古色古香。稻草，蜡，柳藤……这些寻常之物，在这里，都成艺术，让人不得不惊叹，最卑微的生命，也能活出优雅来。

到处可见老酒坊，一个一个的酒瓮，蹲出说不出的古典。我怀疑是走进宋代哪条深巷里弄。轻移莲步，时光在倒流。到处也见卖猕猴桃的，做成各色果脯。便宜，还可以对半砍价。老板一边说，不能卖这么低的价呀，一边却用袋子装给你。姜糖亦是凤凰的一大特色，最具动感的是现场操作，把糖浆扯得像做拉面的。看我在看他们，他们热情招呼：尝一口不？不要钱的。一路尝去，尝得满嘴甜蜜。买一袋子揣包里，包里就有一包的甜蜜了。衣裳店里，一片姹紫嫣红。红得夸张绿得也夸张，有惊心动魄之美。我实在忍不住了，买了一件民族味极浓的无袖短衫，盘扣，上面有碎的白花儿。还买了两条灯笼裤，一条大红，上面有毛线编织的图案。一条大绿，上面息一些小黄花。我以为，红尘的热闹全在上头。

卖花环的女人和孩子到处是，那是些山里人，他们采了野花，用篓子背来，扎成花环卖。细碎的小野花，就装点到一个一个游客头上。我想起一句词来：若得山花插满头，莫问奴归处。不知那个可怜的严蕊，最终有没有盼到山花插满头。

我买一个花环戴头上。今天，我与凤凰一起美丽。

四

离了古城，坐船往沱江下游去。摇橹的是个黑脸膛的年轻男人，我们去时他正蹲在岸边吃饭，捧一只大瓷缸在手上。领我们去的女子做了简短介绍，说那是她哥。年轻男人冲我们笑笑，兀自去解了拴船的缆绳。

船是木头船，用桐油抹得黄澄澄的，坐进去，像坐进一弯黄月亮里。一弯黄月亮在一波豆绿的水里穿行，一波豆绿的水，在我的心中穿行。一句话适时地跳出来：我一边看水一边想你。这是当年沈从文写给张兆和信里面的话。我喜欢得很。他的思念，水知道。

摇橹的年轻男人没有多话，他把橹摇得呀呀呀。我一边看水一边看他，这是沈从文笔下的水手么？他是不是也于某个月黑风高夜，站在他喜欢的女人的吊脚楼下唱山歌？想到这里，我抿嘴乐。他不知我乐什么，看我一眼，跟着笑。

两岸是沱江人家。有女子在河边捣衣，手臂挥动，“笃”、“笃”、“笃”的捣衣声，便极有节奏地响着，一河的水，因她而活泼起来。我总觉得她是一边望水一边在捣衣，有说不尽的柔情蜜意在里面。她身后的大黄狗，是最美气的，窝就搭在水边。还有水牛，在水边绿汀上吃草，悠闲而自得。世界安静。水波荡开，一圈过去，又一圈赶过来，清泠泠的。空气中，满是水的味道，湿润的，甜蜜的。

突然一群孩童闯进眼里来，他们放学了也不归家，书包放在岸边石上，衣服挂在树枝上，人已赤条条滑到水里面了。我伸手抚水，水清凉。遥问他们，不冷么？他们哄笑，击水作答，不冷。小猴子似的，在水里面打闹。他们的快乐，掉在水里，水也变得很快乐。

迎面有游船返回，上有橹歌，唱得余音袅袅。沈从文笔下的湘西，多的是橹歌："满江的橹歌，轻重急徐，各不相同又复谐和成韵。夕阳已入山，山头余剩一抹深紫……"

这样的画面，美得让人惆怅。而我们的太阳，挂在天上。

五

去看沈从文。问当地居民，沈从文墓在哪？都知道。他们热情指点，拐过这个弯，就到了呀。

出古城南门，沿沱江走，顺着青石板上上下下。人家的房，倚着山势而落。已到城外，路上几无行人，一条路便寂静着。满眼望去，除了青山绿水，还是青山绿水。山叫听涛山，水是沱江水，山水相依，它们做了永恒的恋人。

山脚下有人家，开一小店铺。屋前地面上，摆一水桶，里面插满野花，有的扎成束，有的没有。小野花们水莹莹地开着，素白或粉紫。旁边木牌上有字：带一枝野花去看沈先生。

心下一愣，不知不觉，我竟寻到这里！不敢确信地问小店主人，沈从文墓真的在这里？她奇怪看我一眼，说，是啊。顺手往山上一指，啾，就在那儿。

我沿着长满绿苔的青石板，一步一步上山，水的气息叶的气息，把这一方天空，染得碧绿澄清。这好像挺矛盾，然而不。那些莹莹的绿，带了湿润的绿，让一方空气，清澈起来透明起来。静，岑静。一枕梦，从此可睡千年万年，想沈先生到底是个有福的人。

八十六级台阶，契合着沈先生八十六年的人生。不见墓冢，甚至连一个土包包也没有，只有一方五彩石，兀自立在听涛山的山坡上。他一半骨灰归了沱江，一半骨灰埋在石下。水是他成长的摇篮，他回了他的摇篮里。

五彩石正面镌刻着沈从文的手迹：照我思索，可理解我；照我思索，可认识人。尘世的纷繁，抵达这里，都变成一种单纯与真。做个纯粹的人，水一样的纯粹，泥一样的厚朴。这当是他最让人敬重的地方罢？

我静静站在那方石前面，默默看。山林深处，有鸟的叫声传来。空气中，有温柔的水在流动。静谧，安宁。

沈从文说，美丽总是愁人的。

我的心上，也息了一点愁。说不清道不明的，像一朵小野花，静静地开。

六

回到古城时，天色已暗。凤凰的夜晚，只能用“迷人”两个字来形容。沱江两岸，吊脚楼上的灯笼，早早亮了，半江璀璨半江红。河岸边，有当地居民就着河水在给孩子洗头。也有贪玩的孩子，仍赤条条扑在水里面。游人渐渐多起来，都是来看沱江的夜景的。渐渐地，灯的光亮，取代了天色，沱江彻底地灿烂起来。

卖莲花灯的出来了，小摊子挨着小摊子。一朵一朵莲花，开得满满的，粉红，或大红，花蕊是一支小蜡烛。那些花，一排一排地开了去。穿行于这样的莲花丛中，不知身在何处。

阿妹，买一盏莲花灯，许个愿吧，有女子轻柔的声音朝向我。我买一盏，不舍得“放”掉，我要把它带回家。到处看到相携的情侣，他们买了莲花灯，蹲在河边，一起放。莲花灯载着他们的爱和期许，一路燃烧而去，直至与水交融。

走累了，沱江边上的任何一块石，都可以当凳子。我坐下，静静望着欢乐的人群，望着斑斓的沱江水，望着对岸的吊脚楼。那些绯红的红灯笼！一盏一盏的莲花灯开了，顺江漂走，向着远方的幽深里去。

夜宿西塘

一

这世上，有些喜欢，是猝然降临的。也许只是一个回眸，也许只是一声轻叹，那种懂得，便入了心入了肺。仿佛前世今生的约定。

就像我对西塘的喜欢。

烟雨。小桥。静泊的乌篷船。悠长的廊棚。粉墙黛瓦的房。——这是西塘。初见它，是在一本画册上。只一个照面，我就立马喜欢上了，那份烟雨江南的婉约，让我念念不忘。

仲夏的一天，我终寻得机会，得以奔向我心中向往的西塘。不认识去西塘的路，看地图，只知道它离苏州不远。对着地图，我用手指，可以轻抚到那个地方，小小的“西塘”二字，小蚂蚁似的，淹没在大大小小的城市名字中。旁边只若有似无地引着一条小红线，是不起眼的乡村路吧？

和那人一起，开了车，一路奔了去。这一开，就一直开到嘉定去了。停车问人，居然有人不知道西塘。心里面挺替西塘叫屈的，那个有着千年底蕴的地方，应该是名扬四方的啊，怎么竟有浙江人不知道？但旋即再一想，我又为西塘高兴了，它应是内敛的，不事张扬的，唯其如此，才能保持它应有的宁静。它是世外桃源。

兜兜转转，走了不少冤枉路，在临近黄昏的时候，我们才到达西塘。看着渐渐西沉的太阳，我在心里面暗暗狂喜着，我终于，终于，可以在一个古镇留宿了。这是我盼望已久的事。

二

在西塘找住宿的地方，极容易。随便走进一条弄堂，随便敲开一家门就是了。

接待我们的是一家子，年轻的夫妇，还有一个五六岁的小男孩，小男孩身后跟着一条黑底子白花的小狗。小狗见了人不咬，挺亲热地摇着尾巴。

三张笑脸对着我们看，问一句，来了？仿佛你就是这个家庭的一员，是出远门刚回来了。

心，不由得一暖。我们笑，是，来住宿呢。

好啊好啊。男主人热情地把我们引进房间，房间里有雕花的老式床，老式的梳妆台，还有老式的桌与柜子。

我对老式梳妆台很感兴趣，跳过去看。正中央一面镜子，镜子两边，各一个雕花的小抽屉，里面应是放胭脂和首饰的吧？回头问正笑眉笑眼看我的男主人，这是什么时候的？男主人笑答，清代的吧，祖上留下的。

这一笑，一百多年的光阴就过去了。想当年，一定是个穿着盘扣对襟衫的女子，对着这面镜子梳妆。她的容颜，是否也如花一样盛放？

一念想，已半痴。女主人奉上茶来，笑说，在我们西塘，像这样的古家具，家家都有几件的。

三

扣上门，到街上去闲逛。

因不急着走，便有了气定神闲。施施然地穿街过巷，俨然就是这古老集镇上的一员。

临街的房，各个开着一些店铺，卖些古色古香的物件。你打门前过，摸摸这件，抚抚那件，可买可不买，悉听尊便。他们更多的是展览，好东西不藏着掖着，留给大家看。他们的脸上，是与岁月同在的，从容和闲散。

最令我惊奇的是木雕。一幅幅山水和人物，栩栩如生在一块简陋的木头上。木头挂满一屋，一屋的典雅。主人不在，在对门聊天儿，遥遥递过话来，你们随便看哦。回头，相遇到他的笑，亲切中，竟透着熟稔，仿佛是相识很久的故人。

年老的阿婆，坐在自家门前纳凉。与对门的阿嫂聊着家常。我们停在她们身边听，只听得吴侬软语入耳来，却一句没听懂。没关系，那笑容是懂的。她们抬眼看着我们笑，笑容质朴得一如老街上的青石板。

我在门口往里探头，很想知道那幽深的厅堂后面还有什么。年老的阿婆冲我们笑，操着半生的普通话问，要看的哦？进去看看，没关系啦。我就不客气地迈了进去。厅堂后面，居然还有房，屋里摆设着旧式家具，简单，干净。再过去，就是河了。沿河有回廊，有栏杆半倚，红灯笼在屋檐下垂挂。隔河人家，也是这样的粉墙黛瓦与回廊。房屋倒映在水里，随便一溜眼，都是一幅活色生香的水墨画。

转身出来，再进一条弄堂。弄堂悠长悠长的，仿佛是拉长的一个梦。时光在此停住，千百年来，都是这般模样。

据说这样的弄堂在西塘有二百多条呢。弄中套弄，才走一条，以为到尽头了，没有，又拐入另一条，一样的悠长，一样的沉静。条条里弄，都各有各的故事与传奇。

最出名的要算石皮弄了。地上所铺石板极薄，仅有 3 厘米厚。像人的皮肤，所以得名。此巷长而窄，长达 68 米，宽 80 厘米。仅容一个人走，这个人还必须是身材适中的。若是胖了点的，怕是难过去。想来古人对身材一定重视得很了。呵呵，这是瞎想。

石皮弄傍着王宅，因太晚了，过了王宅放游客进门的时间。我们只能在门外隔了高高的围墙想象，当年那家姓王的大户人家，一定是极气派的。这时，旁边刚好来了两个游客，一个好像到此来过多次，熟门熟路的，在充当解说员呢。我于是听到了有关石皮弄的故事。说这样的里弄当初建出来，是供男人走的，喻为头顶天，脚踩石板。而另一边对应的还有一条里弄，上面全部用瓦当等的挡住了天日，是供女人们走的。那个时候，女人们是不能让人看见的。

莞尔。我跑到另一条里弄去，因夜幕初降，弄堂里深不见底。抬头，望不到一丝天空，上面遮盖得严严实实。我一脚踩进去，听得见岁月在脚底下如暗流汹涌。有三寸金莲从上面拂过啊，岁月无边，她的心是空的，脑袋是空的，只做着那个听话的木偶。花开寂寂，花落，亦寂寂。我一步一步，走得心虚，再走不下去，猛回头，跳出里弄。那人在弄堂口笑问我，有什么感想？我回两个字：寂寞。

便很庆幸了，我不是古代的那个女子。再繁华的深宅大院，我也不要。我要的，只是做一个人的自由，抬头，就可以看见天日。

四

西塘的廊棚，是古镇的一大特色，那是从街面房屋延伸至河边的一层斜斜的屋面。那样的廊棚，在别处或许可见一二。但有近千米之长的，怕只有西塘了。

关于廊棚，有不同版本的传说。我最喜欢的，是一个助己又助人的故事。

西塘有“吴根越角”之称，在古时候，是一个商贾往来云集的地方。某一年的某一天，一个儒商，来到西塘。当夜逢雨，他躲到一户人家的屋檐下避雨。雨太大，为了避免淋到雨，他突发奇想，在檐下搭成一棚。翌日早晨，那家主人打开门看到外面儒商搭的棚，很是喜欢。把商人热情请进家，好茶好饭招待着，买来上等木材，让商人给他建棚。后来家家争着效仿，纷纷买了木料把商人请进家，建成蔚为可观的长廊。家家相连，再不怕日晒雨淋，又方便了往来的商贾行人，累了，他们就在廊下息着。看着河里船只往来，一杯清茶，可以度过半天悠闲时光。

沿着长长的廊棚走，走过送子来凤桥。夜幕一点一点落，廊前的红灯笼一盏一盏亮起来。我们走饿了，随便相遇一家，对着敞开的屋门问，有吃的吗？那家女主人风一样从里面走出来，一边应声道，有啊有啊。

于是，搬了桌椅，放到廊棚底下，伴了河坐。风景绝好，头顶上就是一盏悬着的红灯笼。河水细碎地流，岸上的房屋的倒影，跟在后面细细碎碎。主人家问，想吃什么？我说来点你们这儿的特色菜吧。女主人就笑，雪菜烧小鱼吃不吃？煮毛豆吃不吃？还有清水煮河虾。我听得眉毛眼睛都在笑，连连说吃。是喜欢了。

一会儿，菜上来了。味道极好，我们慢慢吃。一边四处张望。有孩子在廊棚下唱歌。有狗在撒欢。有邻人走过我们桌旁，低了头看一下我们桌上的菜，嘴里面笑着语，是雪菜烧小鱼呀。不远处的石拱桥上，三三两两的，坐着一些纳凉的人。他们是否在说些典故？不得而知。

忽然一片乌云来，雨，说来就来了。好一阵噼里啪啦。一座古镇，霎时，淹没在烟雨中。不怕，有廊棚呢，我们稳坐如山。

女主人出来好几次，安慰我们，没事，雨一会儿就停的。果真的，眨眼工夫，雨息了。身后传来小女孩的声音，我喜欢下雨呀。心中一动，这样的女孩，长大了一定柔情似水。也难怪，这样的地方，孕育出来的女子，气质是镶嵌在骨头里的。

而我，有好一刻是恍惚的，我觉得，我就是生于斯长于斯的，在千年的烟雨里。

五

不舍得去睡。执意要到一座桥上去坐。那座桥，叫环秀桥。夜了，行人渐稀。古老的西塘，要睡了。

这个时候，坐桥上，凉风习习，一个世界静止在这里，有不知今夕是何年之感。远观过去，是一条红灯笼的河啊，渐渐流淌着的岁月之河，泛着金粉的光芒。仿佛游着的鱼，快乐，安详。

听人介绍说，历史上的西塘，几乎没出过什么达官贵人。有的只是寻常百姓，要不就是一些商贾世家，做做小生意。有了钱，就在这儿建房，侍弄侍弄花草，抚琴吟诗作画。所以，西塘多的是一些民间艺人，像那些木雕竹雕作品，都出自他们自己之手。他们满足于过那种安居闲落的日子。

到底明了，西塘那从眉眼里透出的淡定与从容，透出的宠辱不惊，是从何而来的了。它是与生俱来的啊。

我想，大起大落是一种人生，平平安安过日子，未尝不是另一种人生。只是，在当今社会，能安得下心来过寻常日子的，能有几人？

有乌篷船从灯影深深处缓缓摇来，搅起一河碎碎的波光灯影。我定定望着那一河的水，望着两岸画中的人，画中的房子，一切红尘喧嚣都遁去了。此刻，唯有夜的西塘与我同在。和我同在的，还有我自己。

大山深处的苗寨

一

去苗人谷。

天下着雨，不是出游的好天气。但一车的人，还是很兴奋，对将要抵达的那个地方，充满了期待和想象：苗人穿什么衣服？吃什么饭菜？住什么样的房子？讲什么样的话？那赶尸和放蛊是真有其事么？碧绿的草甸上，苗家阿哥和阿妹，又是怎样用山歌传情的？这一些，在我们脑海里，形成一幅一幅神秘的画卷，它是隔绝在红尘之外的。

负责全程陪同我们的，是一个苗家阿妹。她矮小的个儿，黑脸蛋，笑起来嘴边有两个浅浅的酒窝，很甜美的样子。她一上车就这样介绍，我的汉语名字叫龙雪晴，你们可以叫我阿妹，或点菜。点菜是我们苗家称呼女孩子的，男孩子则叫点泡。我们一听乐坏了，就一个一个互相指着叫“点泡”，“点菜”，“点菜”，“点泡”。车厢里，腾起欢乐的浪花，来自不同地方的陌生人，一下子成了熟识。

车在山道上匀速行驶，车窗外，是碧绿的山，碧绿的雨。山顶上，水雾蒸腾，如同仙境。山脚下，散落着苗人的房子，还有庄稼，是些水稻和苞谷。龙雪晴给我们讲我们将要去的苗人谷，说那里的人们一直生活在大山深处，日出而作，日落而息，基本不与外界往来。女孩子八岁开始学刺绣，男孩子从小会唱山歌，他们的爱情是通过山歌来完成的。那里的人，以前不了解汉人，对汉人一直很抵触，如果哪家有小孩子不听话了，哭闹了，大人就这样吓唬小孩子，再哭，就把你送到汉人那里去！孩子立即吓得不哭了，因为那些孩子从小就被教育着，若被汉人捉去，汉人是会把苗人榨成油的。

现在不是这样的啦，龙雪晴的嘴边现出两个小的酒窝来，说，从前年起，苗人谷中有部分年轻人，走出寨子，走到外面世界来，他们学会了汉语，有的做了导游，譬如我。

我们的眼睛立即睁大了，看着她不相信地问，你真的是从苗人谷走出来的？她笑了，是啊。她回忆，当她把第一批游客带到苗寨时，他们村子里的老人们惊惶地问她，点菜，是不是汉人又打进来了？

现在我们苗人，已不这样看你们汉人了，他们把你们当做尊贵的客人。不过，她关照，苗人还是闭塞落后的，他们有他们的习俗，大家去了后，要尊重那里的习俗。比如，你不能给苗家孩子钱和礼物，你若给了，他们不但不会感激你，还会怨恨你，认为你那是教坏他们小孩子，让小孩子从小有了不劳而获的念想。他们更讲究自立。

雨在车窗外，碧绿地下着。我们一时都沉默着，对未曾谋面的苗人，有了敬畏和敬重。

二

车子开不进苗人谷。

我们下了车，步行。天上的雨，这时已小多了，飘得零零散散。我们干脆雨具也不拿，让雨淋着。山间的清新气息，随便伸手一捋，就是一大把，我们深深地吸着，奢侈极了。龙雪晴告诉我们，这样的雨天你们进寨子，苗人是最喜欢的了，认为是龙王出行，我们苗人对龙王敬畏得很，我们靠天吃饭。大家听了，觉得幸运。

山间的小路弯弯曲曲，路两边，小野菊们开得星星点点。山林深处，鸟叫得欢，这边叫，那边和。这一派未染世俗的自然，让我们陶醉。我们一行人，走了很远很远的路，才隐约望见，陡峭的山谷上，书写着三个大大的红字：苗人谷。我们惊呼，到了么？龙雪晴答，没呢，还得翻过两座山，越过一条湖，才到苗寨的。她说得轻轻松松，我们的腿，却在打颤了，怨不得苗人与世隔绝，他们要出一次山，多么难！

谷口有望风台，草棚儿搭在半空中。据说是当年土匪出没的谷口。有游客攀上草棚子里去，换上土匪服装，拍照留念。我们问龙雪晴，你们怕土匪么？龙雪晴答，怕，也不怕。那些土匪，也是苗家人哦，穷得过不下去了，才上山做了土匪，他们劫富济贫的。

一时我们都无言。我们本以为的“坏”里面，谁知道有多少人生的无奈呢？

我们沿着当年土匪出没的山路往山上攀登，显然，这是经过修饰的一段山路，有护栏，有顺势而凿的石阶，在黑乎乎的山洞里，有点好的蜡烛照明。即便这样，我们还是走得一步一滑的，有的地方，须得手脚并用才不至摔倒。不时有惊叫声，从我们当中传出。这个时候，龙雪晴必会从前方回过头来关照，小心哦。到底是苗人谷里走出来的姑娘，她走得很轻快。我们不由得表示敬佩。她却轻浅地一笑，说，我们苗家人，从小，就在这些山上滚爬的。

穿过一道山溪汇聚而成的瀑布，我们游览了当年的土匪窝，不过一很大的山洞，里面简陋得不着一物。我们心生感慨，原来做土匪也是这般不易，躲在这深山老林里，不见天日，能有多少人生乐趣？

我们继续向山顶攀援，对面山壁上，有洞穴，在半山腰。有个男人，赤膊在里面。我们惊奇不已，那么陡峭的山壁，他怎么上去的？他待在里面干什么？龙雪晴显然跟那人很熟，她冲他一阵叽里呱啦，那边回她一阵叽里呱啦。我们问，那苗家阿哥在做什么呢？你跟他说什么呢？龙雪晴说，他在捉鱼呢。我跟他说，要他当心山上的野兽，天黑的时候就回家。

捉鱼？在山洞里捉鱼？我们越发惊奇不已。

龙雪晴淡淡笑了，说，是啊，他在捉鱼。山上有溪流流下来，有鱼被溪流冲下来，经过这个山洞，他在山洞口守着呢。

我们仰望那座山，想着鱼从天上来。这样的捕鱼方式，怕只有苗人谷这地方才有。我们问龙雪晴，他真能捉到鱼么？

龙雪晴望望对面的山说，总能捉到几条吧。

大家"哦"了声，很快被一块奇石吸引了去。而我，却一直在想，寂静的山林，寂寞的深谷之中，山壁洞里那个捉鱼的苗家男人。我有些难过。我不知道我为什么会难过。

三

坐船渡过一条叫杏花湖的湖，我们上岸。踏上蜿蜒向上的石级，苗寨就掩映在石级之上的一片深山中。

一路只闻水声，哗哗地流。那是山涧溪流。树木青翠葱茏，绿意缠绕。我们只觉得，身的衣裳沾染着绿，呼出的气息，沾染着绿，我们成了绿人儿。不闻人声。这样寂静地走了一路，终于望见一截矮墙，立在寨子前。有童稚的歌声响起："苗寨故事多，充满喜和乐，若是你到苗寨来，收获特别多。"是改版的《小城故事》。我们都被这歌声逗笑了，我们中一人紧走两步，跑上去问，谁教你的？那猴子一样灵敏的男孩子，一个翻身跳下矮墙，说，老师教的。转身跳着跑了。

整个苗寨，静。只有一幢幢房子，参差摆开，一律的黄泥抹的墙，黑瓦顶。房与房相接处，都是青石板，曲曲弯弯，蜿蜒如蛇游。缝隙处，绿草绿得肆意，有种荒凉的美。龙雪晴说，白天到苗寨，是见不到大人的，大人们都到地里干活去了，他们每天早出晚归，一天只吃两顿饭——早饭和晚饭。

果真的，转遍整个寨子，看到的，只有孩子，和狗。那些孩子，三四岁到五六岁不等，再大一些的，都跟父母到地里去了。可能是近两年见到的游人多了，一群孩子并不怕生，绕在我们身边走，亦能听懂一些我们的普通话。我们给他们拍照，他们会摆出造型来，而后哄笑着跑过来，看相机屏幕上自己的样子，说出"漂亮"这个词。

只有一个小女孩，她远远落在一群孩子后，一直不笑，神情忧郁，看上去不过五六岁。龙雪晴却告诉我们，不对，她十岁了。这让我惊讶。我走过去，试图跟她搭话，我说，你衣裳上绣的花真好看，谁绣的？她答，我绣的。我提出要给她单独拍照，她想了想，问，可以带上我的妹妹吗？原来，她留在家里，是为了照应两个年幼的妹妹。

照片的效果很好，我让她看，我问，漂亮吗？她淡淡扫一眼，答，漂亮。脸上依旧没有笑容。后来，我走到哪里，她都跟到哪里，静静在一边，如一朵静静的小野花。我问，你干吗不说话呢？她突然冒出一句，你们那儿也有黄瓜吗？我愣住，一时不知怎么回答。她兀自答，我们这儿长好多呢，很好吃。我转脸看她，她的眼睛避开我，望向大山外，两汪深潭水，映着几多迷惑：那大山外，到底是怎样一个世界？它带给她五彩的冲击，让她明显地有了不安。我突然明白了她的忧郁所在。

我问她，上学吗？她摇摇头说，只念到二年级。又补充，我们这儿只念到三年级的。我不敢再问什么，对她笑笑。想送她一件礼物，但想起苗人的忌讳，忍忍，作罢。

我们去吃苗家饭。饭是寨子里特派人做的，有山地瓜，炒笋子，酸萝卜，还有山菇烧熏肉。味道不错。龙雪晴介绍，这是苗家人待客最好的饭菜。她说，你们吃得越多，我们苗人越高兴。于是我们拼命吃，吃很多。

饭后看两个十三四岁的孩子表演击鼓，有迎宾鼓，丰收鼓等。鼓槌上的彩带，在他们手中，飘忽如蛇舞。也跟着他们学跳竹竿舞，我们笨拙得像一群鹅，惹得一边的苗家小孩哄笑不已。那些孩子加入进来，很耐心地教我们跳步子，身影灵活。我们亦接受了苗人的吉祥礼物——锅灰。龙雪晴满场追着我们抹，一边告诉我们，苗人的吉祥礼物，只在新婚时，新人才可以得到的。大家笑着躲闪着，一个一个的脸，都被抹成大花猫。

我们离开苗寨时，一群孩子跟着，一直跟到寨子外。当我们走了好远好远的路，回过头去，依稀看见寨子口，一群小小的身影，依然站着，像一朵朵静静开着的小野花。青山环抱中，他们身后的寨子，美得像上帝遗落的一个梦。

青山隐隐水迢迢

一

普陀山，梵语音译为“普陀罗伽”，汉语意为“美丽的小白花”。普陀的美与神秘，尽在这名字中了。

去普陀。从沈家门坐船过去，刚刚还是晴空丽日，突然间下起了雨，雨大且急。我担心着，这样的雨天游普陀，岂不扫兴？旁有游客笑着说，这是岛上的对流雨，一会儿就没了。

果真的，眨眼间，风停雨止，天上意外地现出一道彩虹，像极了小女孩头上五彩的发箍。远处的岛屿若隐若现，彩虹就在那些岛屿上空飘忽着。船上人都欢喜地惊叫起来，拥到窗口去看彩虹，把它当做是普陀山给的见面礼。彼此开始热络地交谈，相互探寻所来之处。有个安徽的女游客，听说我是江苏的，她很开心，说，我们是半个老乡呢。

可不是，江苏和安徽是邻居的。我因她的半个老乡的说法，莞尔不已。

船绕过去了，彩虹也跟着晃到另一座山峰的峰顶上。云雾缭绕处，那些山峰，那些岛屿，宁静得让人心疼。它们在那儿多久了？千年？万年？它们以一种不变的姿势，看着奔腾不息的海，和海面上来来往往的众生，从容平和。世间的悲喜，都只是一出戏，戏完了，大家撤了。而它们，却做了永远的观众。

半小时后，船抵达普陀山渡口。不是旅游旺季，渡口的游人不多，只有三三两两进山的小沙弥。他们在渡口脱去俗家的衣裳，换上僧袍，回头望一眼身后来时路。然后，头也不回地进山去了。

安徽女游客跟我告别，她说，有缘的话，我们还会在普陀山相遇的。我笑着点头称是。心里面说，再相遇，我们就是重逢了。

二

入住紫竹林禅院。

紫竹林禅院背山面海，典雅古朴，禅意森森。传说这里是观音菩萨修道居住处，原为不肯去观音院旧址，旧称“听潮庵”。

顾名思义，紫竹林多紫竹。那些竹，从杆到茎到叶，都是紫的。吴承恩在《西游记》中曾多次写到南海紫竹林中的观世音菩萨，就是指此处。

我住的客房，建在临海的岩石上，海浪铺在房底下。从窗口往楼下看去，是一望无际的蓝色的海。海浪翻滚而来，“唰”一下，冲上岸边，卷起千堆雪。接着，又是新一轮的海浪翻滚而来。涛声阵阵，无止无境。

眼睛渐渐看倦了，看得迷糊过去。耳朵却尖着，各种的声息，灌进耳里来：海浪在脚底下的欢叫声；檐角铃铛的丁零声；佛殿里的木鱼之声；还有绵绵不绝的梵音。我正听得入迷，突然听到门外有人叫，施主，施主，该吃晚饭了。睁开眼，我有些恍惚，太阳还在天上高高挂着哪。

小沙弥立在我面前解释，寺院里用餐的时间，与俗家有些不同，早餐在早上五点。午饭在上午十点。晚饭，则在下午四点半。

好，那么我就从僧吧。

三

出紫竹林禅院，沿曲折回廊，至潮音洞的平坡上，就是不肯去观音院了。

相传，在唐咸通四年，日本高僧慧锷第三次来中国求法，从五台山请得一尊观音佛像回国，行至莲花洋新罗礁附近，突然遍海莲花，舟不能行。慧锷便向佛像祷告说，若我国众生无缘见佛，当从所向建立精蓝。他的话音刚落，船便主动向岸边靠去，在潮音洞旁泊了岸。有当地居民张氏睹此灵异，遂舍自家宅屋供奉佛像，自此，这里被称作不肯去观音院，普陀山成为观音道场。康有为也曾为此作诗云：观音过此不肯去，海上神山涌普陀。

不肯去观音院的规模不大，只三间佛堂。来普陀的人，却都要到此拜一拜。佛堂旁有凉亭叫澹澹亭。傍晚的夕阳，把澹澹亭旁的岩石，染得红润透亮。大桶大桶的色彩倾倒下来，半海瑟瑟半海红了。人坐在亭中，人也被染成一个红润的人了。不知天上人间。

有孩子的欢呼声，在海边跌宕，他们在岩石的缝隙间，寻找贝壳。海浪跳上岩石，扑了他们一身，他们发出快乐的惊叫。他们的世界，无关佛。

风很甜润。我的心，宁静成一朵莲花。

四

是要去拜一拜南海观音佛像的。

整座佛像高达 33 米，礼佛广场占地 5500 平方米。据说 1997 年这座佛像开光时，对面的云端里，清晰地现出了一尊观世音，金光笼罩，光芒万丈。人们争相传说，观世音菩萨现身了。一旁的小沙弥证实道，的确现身了，这是众人的向佛之心，感动了观世音。

我情愿相信这是真的。佛家宣扬积德从善，众人向佛，说明他们都有颗从善之心。这世上，善良多一份，美好也就多了一份。

上山的路是用方石块铺成的，石块上雕着莲花。上山的人，便都脚踩莲花，步步向上，登山也就成了非常美妙的一件事。脚下生花，心也跟着生了花。

礼佛广场上，游人如织，香火缭绕。我仰头向上望去，目光得使点劲儿，才能攀上整座佛像。只见观世音左手托着法轮，右手五指竖起，目光慈悲地俯视着芸芸众生。问及，为什么要五指向上？小沙弥答，喻为施无畏印。就是观世音对人间所有疾苦，没有不施以救助的。

笑。替他担忧，大千世界，众生的烦恼无穷无尽，他如何能够施救得了。

五

不上佛顶山，等于没到普陀山。佛顶山是普陀的名片，又名白华顶、菩萨顶，为普陀山的主山，主峰海拔 291.3 米。巅峰建塔，塔上置灯，叫“天灯台”。山顶常有云雾缭绕，每到那时，山峰在云雾中缥缥缈缈，形成独特景致，誉称“华顶云涛”。

我去佛顶山时，逢大雾，有幸见识了云涛的样子。放眼处，烟涛滚滚，远处的山峰，如一叶一叶的小舟，出没在烟波里。雾中隐约人语和鸟鸣，山更显清幽。

沿着石阶一级一级向上攀爬，我渐渐地有些力不从心了。问，共有多少级石阶啊？答，1088级。本是数着走的，数着数着，就忘了数字了。路两边的树又高大又茂密，问问年纪，都有成百上千年。

走走停停，一路的风景看过去，竟把云雾给看跑了。等到了佛顶佛的时候，空中已不见一丝雾气，太阳明晃晃挂着，灿烂耀眼。近处，梵宇金沙在阳光下鳞鳞发光，峻岩危石各俱情态。远处，碧波之上，无数的岛屿隐现，像青色的盘子里，装着一蓬蓬蔬菜。想这菩萨真会选地方，选这样一处桃花源，让他天荒地老地待着。菩萨原也是有私心的。

佛顶山上有慧济寺，庙宇气宇轩昂。我进了慧济寺，禁不住陪同我的小沙弥再三劝说，我也请了三炷香。学着小沙弥的样，用食指和中指夹住，把香平举至眉头上。小沙弥说，一炷敬佛，一炷敬法，一炷敬僧。他说，你许个愿吧。

我想了想，默许下这样的愿：愿上苍庇佑所有的好人，一生平安。

下山去。山脚下，遇到一年轻信女。20多岁的样子，黑衣黑裙，长发用一方帕子挽了。脸庞清秀，然神情凛然。她正往山上来，目不斜视，三步一跪，五步一拜。跪下时，她的头深深地勾下去，抵着地，一叩，两叩，三叩。我在一边看着都吃力，她却一丝不苟地做着。有些替她担心，那么多的石级，她如何一步一步叩上去？

她瘦弱的背影，望上去真是单薄。佛若有灵，定当保佑她罢？

六

坐车前往普济寺。普济寺是普陀山的佛教活动中心，那里建有约 15 亩地的莲池，名叫海印池，亦名放生池。

车上遇一尼姑，尼姑着玄色的衣，脚蹬罗汉鞋。光光的头上，扣一顶白色的旅游帽子。因她生得浓眉大眼，初看时，我以为是个男人。直至她冲我一笑，我才发现，那眉眼间，是女人才有的温柔。

下车后，各自散去。我一路行来，一路观望。到达三摩地时，却见那尼姑迎面走来，看见我，她眼里跳出惊喜，笑说，我们又遇着了，真是有缘。

佛家讲的缘，大概就是这个样子的了，你每日里所遇着的，是这个，而非那个。你每日里所抵达的地方，是这处，而非那处。

尼姑拿出她的相机，请我给她拍张照片。我举着相机对准她，她却慌乱地摇摇手，冲我羞赧地笑，说，我还没准备好呢。她左右看看，然后挑一石凳，坐下，石凳的后面，是参天古木。她取下头上的帽子，把衣角反复理了又理，认认真真摆好姿势，这才对着镜头笑了。

那一笑，竟似莲花盛开。

七

我离开普陀的时候，是在上午八点多。

这时候的普陀，又迎来它崭新的一天。来山上做佛事的香客，团团坐了一屋子，都是一家一家的。孩子们不管佛的事，他们兀自在人缝里钻来钻去，打打闹闹。僧侣们各就各位，木鱼敲起来，佛珠捻起来，一段经文念起来，声音拖得绵长绵长的。

我走好远了，耳边还回响着他们念经的声音。回头望去，我曾住过的紫竹林，已被青山绿树兜住了，只露出尖尖的檐角，宁静，安详。仿佛是梦中景象。

九点的时候，我已坐上了去宁波的轮船。普陀山在我的身后渐渐远去，很快，与其他的岛屿融为一体。远眺过去，一片海雾茫茫。烟波之上，若隐若现的，都是青青的山峰，实在分不清哪是普陀了。

一个人的丽江

一

去丽江，一个人。

行囊里，只塞了一本书，三毛的《万水千山走遍》。喜欢她的行走，比喜欢她的文字更甚。这辈子，我不能像她一样走遍万水千山，但我将尽可能地，把我的足迹，印到足够高足够远的地方去。譬如，丽江。

从上海坐飞机到昆明，再从昆明转车去丽江。车子抵达丽江时，已是午后。有人欢呼："丽江到了！"一车的人，兴奋起来。我从旅游大巴上跳下来。半路上认识的上海一家人，在我身后叫："要不要跟我们一起走？"我冲他们笑着摆摆手："不用，我自己一个人走。"是的，我要一个人，看丽江。

眼前，是鳞次栉比的房，高高低低错落有致。黛青的瓦，木质的门窗，檐角翘翘的，像鸟翅张开，蠢蠢欲飞。有水绕房而走，清清亮亮的。让人有一刻恍惚，以为置身在江南某个古镇。天空很矮，云朵像一群一群的小白鸽，憩息在人家的房顶上，仿佛一伸手就能够到。

我深深呼出一口气，在心里道一声，丽江，我来了。不辨方向，我也不去管什么方向了，只随便走，所到之处，皆是风景。花多。家家的房前屋后，都有一种两种颜色衬着，三角梅，或是月季，或是早菊，流光溢彩。"古城无户不养花"的传说，看来不虚。

客栈多，古色古香。名字叫得诗意纵横，如"等你""转角微笑""一米阳光"……据说大多数都是外地人开的。外地人到了这儿，爱上了，不愿走了，于是来此定居。

我跟着水走，人迹渐渐稀少，一木质门楣映入眼帘，上悬"缘分"两字，很禅意。门大敞着，四合院，小天井，里面花草葱茏。我走进去，四周转一圈，没看见人。一盆菊开得好，粉脸笑盈盈的，我正弯腰嗅，突然从一间屋子里走出主人来，一对小夫妻。他们含笑招呼我："来啦？"仿佛我跟他们有过约定。我颔首："哦。"再不愿移步了，就是它了。

女子引我上楼。楼上有小客房，布置清爽精致。阳台的茶几上，摆着新鲜的水果，香蕉和梨。几本时尚杂志，随意摊在藤椅上。

女子眉目清秀，她给我泡上茶，浅浅笑："累了吧？你先歇着，有事叫我们，我们就在楼下。晚饭若愿意跟我们一起吃，提前说一下，我们给你准备。"

我笑着道谢。

坐定，一颗倦怠的心，安静了。一水之隔，对岸也有这样的客栈，风吹起它的窗帘，梦境一般。远处，有隐约的山，绵延起伏，我猜那里是玉龙雪山。不远处，金沙江在奔腾。而无数的小溪流，则奔流在这个叫丽江的古城的街道上，穿巷入户，成为古城的血液，一年又一年，不息地流着。

二

去古城著名的四方街。

我走出好远了，客栈女主人突然追出门来关照："你顺着水走，就不会迷路。"

四方街是古城的心脏，像个巨大的四合院。街道全用五彩石铺砌，晴不扬尘，雨不积水。潺潺流水，涓涓流着，流向四面八方去。那里，延伸出众多街巷，星罗棋布。据说这是当年纳西族首领木氏，按其印玺形状所建。而当年的茶马古道，是把这里当驿站的。

我的脚步轻轻踩上去，我的脚下，往昔的岁月暗流汹涌。八百多年前，这里商贾云集，马啸车喧。八百多年后，这里店铺林立，人头攒动。历史和现实，就这样重叠着，交错着。

街上的店铺里，多的是卖银器的。十块钱可以买副银手镯。五块钱可以买枚银戒指。从没见过那么多的银，一堆儿一堆儿的，在天光下熠熠闪耀。仿佛全世界的银，都汇集到这儿来了。

走过一家店铺，再走过一家店铺。有打银器的师傅，正在店门口操作，小锤子轻轻敲起再落下，一枚银戒，转眼间成了。他用锉刀细细磨。我站一边傻看，问："是真的银吗？"这话问得颇不礼貌。他却答得一丝不苟，说："当然是真的，都是纳西族人自家的银。"

却不是纳西族人，而是浙江人。十来年前就来此做生意了，越来越爱上这个地方，于是在这儿买房，并接来全家老小，融入丽江，成了丽江千万条小细流中的一股。他伸手一指左右店铺，笑说："这里好多都是外地人呢。"

眼光越过那片房子去，远处，山与天齐。想当年，人们从这里，沿着茶马古道往外去，驮了茶叶和药材，换取外面世界的盐和布匹。而现在，人们从四面八方走向它，寻找当年的足迹。时光画着一个奇异的圆圈。

我买了一大堆的银饰，脖子上挂着，手腕上佩着。甚至挎包上，也给挂上一件。丽江的天空下，我整个的人，银光闪闪。

三

去木氏土司府，它是丽江古城的“大观园”。

不认识路，正拉住一人问，人群中突然窜出一个小孩来，大声对我说：“我知道。”是个当地的孩子，黑，瘦，两只眼睛却黑葡萄似的，异常有神。他的肩上背着一个网兜，里面横七竖八躺着一些空矿泉水瓶。我觉得好笑，弯下腰问他：“你真的认识？”他斜睨我一眼，说：“我们的木王府，谁不知道！”语气里，是满满的自豪。他答应送我去，条件是，我手上的矿泉水喝掉后，要把空瓶子给他。这个容易，我当即连水带瓶给他，他却不要，说：“你这不是空瓶子。”他在前面跑，小泥鳅似的，不时停下来等我。我夸他汉语说得真好。他说他们老师教的，他们老师是汉人，说话像唱歌，可好听了。他还告诉我，他们老师要他们好好学习，长大了到外面的世界去看看。我问他：“丽江不好吗？”他答，“好。”“但外面的世界，也好。”他低头笑，有些不好意思。木氏土司府到了，按约定，我给了他矿泉水瓶，里面还剩一点水。

他站定，不接，眼睛却看着我。我笑笑，喝光了里面的水，他这才笑嘻嘻接过去，说声谢谢阿姨，人已溜远了。

整个木府建筑群坐西朝东，气象万千，有点像我看过的故宫。里面有议事殿、万卷楼、护法殿等，每一幢建筑，都气势恢弘，画梁雕柱。登上木府最高点，古城尽收眼底。

门前木牌坊上大书“天雨流芳”四字，纳西语是“读书去”。据说当年的木氏，特别注重推广读书，“知诗书好礼守义”。我的眼光，久久停留在“天雨流芳”四个字上，黄昏的金粉，撒在上面，熠熠生辉。

四

在丽江，最好的姿态，不是行走，而是发呆。

到处看见发呆的人。有坐在小河边，什么也不做的，只望着街景傻笑，阳光洒在他们脸上，波光潋滟。有坐在酒吧里发呆的，要一杯红酒，听着音乐，看着窗外。你偶一抬头，望见窗后一张脸，正朝着你，慵懒的。你忍不住笑。也在客栈的墙上，看到一行调皮的小字：“我们一起发呆吧。”时光真静。

走上一座石桥，看到两个纳西族的老妇人坐在石桥的桥墩上，发着呆。她们着靛蓝的衣，黑色的多皱褶的裙，脖子上挂着银项圈，头上戴红军帽。她们对身边猎奇的目光视而不见，眼睛望着前方，那里有翠柳，有群山，有远方。

有游客举起相机对准她们，她们感觉到了，赶紧拉下头上的红军帽，遮住了脸。一会儿之后，她们拿开脸上的帽子，继续发呆，眼睛依然望着前方。

我笑笑，打消了拍摄她们的念头。我坐到离她们不远的地方，看她们，看近处的小河，看不远处的房，看那些红花绿草。它们安静在丽江的天空下，地久天长的模样。我也开始，幸福地发呆。

五

夜晚的丽江，是华丽而多情的。满街的红灯笼，几乎于一瞬间，同时绽放。火树银花不夜天。

四方街的广场上最是热闹，那里早早搭起舞台，燃起篝火。舞台上歌一片舞一片，灯光妖娆。一圈的人围着篝火跳起来，再一圈的人加入进去，最后圈子越加越大。路过的游客，先是站一边笑看，后来忍不住了，也挤进去了。不会跳不要紧，扭扭身子就行了。你的手牵着我的手，跳啊叫啊，俗世的烦忧，全抛得光光的。相视一笑，五湖四海的陌生，都成熟稔。

烧烤摊子沿河岸一溜摆开，这岸，那岸。每个摊头，都簇满人。烤鱼，烤肉，烤蔬菜。我看到居然把青菜烤着吃的。满街的流金红粉，仿佛满天空的云彩掉落下来，倾倒在河里，河水像浓妆艳抹的丽人，眼波流动处，都是风情。

我在河边，挑一个座位坐下来。立即有小姑娘拿了点菜单过来，笑吟吟问我要点什么菜。我点了两份烧烤，还有丽江出名的糍粑。

这岸不知是谁先唱起歌来，唱的是纳西族民歌，调子高亢，适合对歌。那岸立即有人应和。起先是一个声音，两个声音，后来汇成无数的声音。游客们也参与进去，新歌老歌连着唱，这边唱《达坂城的姑娘》，那边唱《康定情歌》。

卖银饰的纳西族女人，满身丁当地路过我身边，问："胖金妹，要银吗？”她的普通话说得不标准，但大致能听懂。我因她那一句胖金妹笑起来。纳西族真是个有意思的民族，女人多以胖为美。且女人特别宠男人，家里家外的活计，都自个儿撑着，无限辛劳，却让自家男人游手好闲着，养花种草，弹琴品茶，日子悠闲雅致得不行。

我看着眼前的纳西族妇人，猜想着她的男人，平日里是不是也穿雪白的衫，手摇折扇，对着花草吟唱？女人再问：“胖金妹，要银啊？”我晃晃手腕，我说我有了呢。却对她手腕上的手镯感兴趣，我问：“卖吗？”她说：“卖。”竟毫不犹豫脱下来。我到底没买，我怕买了人家祖传的宝贝。

有人坐我对面，手里拿着一瓶啤酒，倾过身来问：“一个人？”然后递过纸杯来，给我倒了一杯啤酒。

我笑笑，对他举起杯。

一瓶啤酒见底，他跟我说再见。我说走好。自始至终，我们没聊过什么。

这就是丽江，不问来处，不问去处，只管放牧着你的欢乐，或者，忧伤。

心中的日月

一

在藏语里，香格里拉是“心中的日月”的意思。

八月的一天，我一路奔向香格里拉。从云贵高原踏上青藏高原，地势直往三千米以上爬升。高原反应越来越明显，我的额两边，痛得嚯嚯的，须用手不停地按着。旁座有人递我一块巧克力，说：“补充一下糖分，会好些的。”我冲他笑了笑。萍水相逢的温暖，总是深入人心的。不肯闭起眼睛打盹，眼光一直落在窗外，车窗旁掠过很多低矮的植物，低矮的山峦。心里的期待，像一只欲奔跑出来的小兔子，不安地上上下下乱窜着。旧时新嫁娘不过如此吧，红盖头下是惴惴的不安，不知那个郎君是个啥模样的，就等着一掀盖头了。

感觉上已走了好几百里，却被导游洛桑告之，我们最多才走了五千米。“五千米？怎么可能？我们从早上一直在路上走着哪。”有人叫。洛桑笑眯眯的，不急，他伸手往对岸一指，那里山峦连绵。他说：“看到对面的山了吗，我们刚刚就是从山那边，绕到山这边来了，直径距离，绝对不会超过五千米。”大家“啊”一声，恍然大悟，敢情我们都被这云南的山给捉弄了！近在咫尺，却如远在天涯，偏叫你不能轻易触摸到。

车子又向前驶了好长时间，大家看向窗外的眼睛，越来越焦急。到底有人按捺不住了，问洛桑："香格里拉还没到么？"年轻的康巴汉子，这时好笑地睁着一对黑白分明的大眼睛，对我们眨啊眨的，说："到了呀，早就到了呀，我们脚下的土地就是亲爱的香格里拉呀。"

"那你为什么不早说？"大家嗔怪他，齐齐扑到窗前去，想看出窗外有什么不同寻常的景致来。结果，却落空了。窗外平静得几乎什么表情也没有，像我们往常在家走着的一段路，就是那样的一段路而已。

期待的心，慢慢平稳下来。不再激动，甚至连轻呼也不曾有，我以同样平静的表情，与香格里拉相遇。省略了握手，省略了寒暄，我们互相打量着，像早已熟悉的那一个，寻常，淡定。

沿途，是山，数不尽的山。天空很低，仿佛就匍匐在山的上面。白的云朵，在山巅之上，不紧不慢地漫着步。山下有房，土黄色，像安静卧着的大黄狗。房上插旗，有一面旗，两面旗，三面旗。一般人家插一面旗，表示信教。插三面旗的人家，地位最为尊贵，是家里出了活佛或有得道的高僧。那些旗，迎风猎猎，像夕阳下守望岁月的老人，神秘，安宁。——这是很奇怪的一种感觉。

二

湍急的金沙江，一路狂奔，在流经石鼓镇长江第一湾时，突然急转北上，从哈巴雪山和玉龙雪山之间的夹缝里，硬生生挤了出去，形成了一道世界上罕见的裂痕——虎跳峡。峡内礁石林立，有险滩21处，跌坎7处，落差都在170米以上。水势汹涌，声闻数里。狭窄处仅三十来米宽，相传猛虎下山，在雄踞江中的一块礁石上轻点虎脚，腾空越过，故有“虎跳峡”之称。

导游洛桑站定在谷前，眼望着对面的山，深吸一口气。他年轻的脸上，现出少有的凝重。他讲了一个故事，说有一天，一个外国游客独自探险至此，面对如此壮观的大自然，不由自主“啪”一下，双膝弯曲跪下，失声大哭。“大自然的美，常常让我们无法言语。”洛桑喃喃。“请爱护这里的一草一木，谢谢了！”洛桑对我们弯腰拜托。动容！之前，同行中有人曾掐了一把薰衣草的，这时，悄悄把那草，在衣袖里藏了。

大自然教会我们的，唯有敬畏。

有阶梯下到谷底，曲曲折折。老远就听到水声咆哮，不息不止，哗哗哗，哗哗哗。如万马奔腾，这边那边，震耳欲聋。

阶梯陡而窄，却不见拥挤，大家互相谦让着走。下到一个曲折处，再下到一个曲折处，不知拐了多少的弯，突然有清凉扑身，白花花的水影子在眼前飞舞。大家惊叫欢呼，以为就到谷底了，岂料下面还有更深处，惊喜后面还有惊喜。

终于，一方平台呈现在眼前。那是一块天然巨石，仰卧着，有三四张方桌那么大。站平台上向下观去，峡底尽收眼底，水流越发湍急，中间横亘着一块礁石，霸道地把激流一劈为二。激流却不服输地偏要从礁石上过，勇士一样的，一排又一排，轰隆隆直奔过来。溅起的水花，在礁石上硕大无朋地开着花。那些白花朵，经太阳光折射，变幻出万紫千红来。有的来不及开花，干脆“唰”一下，冲过礁石去，做激流奔涌。

我们屏了呼吸，静静注视着眼前的一切。一边是自然界千万年的欢唱，一边是人生匆匆足迹，似梦非梦。突然理解了那个下跪的外国游客，大自然若此，让人还有什么话可说？唯有泪流。

我的目光，沿峡谷底部向上攀升，层峦叠嶂中，有细若游丝的一道白线，悬在半山腰。据说那是当年的茶马古道。当年，顽强的康巴汉子，用马驮着茶叶和药材，翻过一座一座山，去换取外面世界的布匹和盐。他们披星戴月，风餐露宿。山路难走，何况，本就没有路？所以，一步一危险，常常出现人和马都齐齐翻下山崖的事，不知哭干多少倚门守望的卓玛的泪。就这样，他们硬是用马蹄，用脚，用生命，在岩石之上，踩出一条希望之路，蜿蜒于崇山峻岭中。

千百年过去了，当年的康巴汉子，早已沉睡在历史的长河里，却把一种精神留下了，和山川河流一起，成为永恒。

三

纳帕草甸又称纳帕海，三面环山，是香格里拉最大的草甸，也是香格里拉最具高原特色的草甸。由于纳帕海气候湿润，牧草生长比其他地区要快得多，每年五六月份，其他草原上的草，才冒嫩芽，它这里早已绿草如茵，层层起伏。有小花点缀其中，红红，黄黄，紫紫。一望无际铺开去，织锦一般的。远处，山与天齐。

我在黄昏时，踏上这片草地。夕照的光芒，碎金一样的倾倒在这片草地上，草地变得华美无比。

来的路上，我的想象里，这里应该牛羊成群，牛们羊们，都安静在草地上，幸福地吃着草。事实上，不是，搭眼望去，辽阔的草地上，少有牛群和羊群的影。各地蜂拥而来的游客，霸占了草地。马蹄声“哒”、“哒”、“哒”，远远近近，他们在草甸上遛马玩。马是驯养有素的马，温良谦恭得不得了，一个个低眉顺目着，沿着既定的路线，舒缓地走。——那里，早就被它们的马蹄，踩出无数条弯弯曲曲的小道。远望去，像草地上卧着的一道道伤疤，触目惊心。

当地牧民游说我们骑马，说：“十块钱可以遛一圈呀。”我的同伴兴冲冲跨上一匹枣红色的马，她是第一次骑马，兴奋得“得锵锵”。她问我：“你玩不？”我看了一眼那匹马，那匹马刚好也在看我，眼睛温良得让我不忍对视。我不知道，马若会说话，它此刻会说什么呢？它本应扬鬃驰骋的岁月，却只能如此被消耗着，几多无奈，几多委屈，一天天，一月月。

我摇头，我说我就随便看看，你玩吧。同伴一拉缰绳，马跑了开去，她的惊叫声与笑声，渐渐远去。

几个藏族小孩不知何时跑到我身边来。他们穿着花花绿绿的藏袍，戴着帽檐翻卷的藏帽，黑黑的脸上，嵌着一双灵活的眼。最大的不过八九岁，最小的只有三四岁。他们有的牵着羊，有的抱着小羊羔，商量好了似的，一齐仰着小脸，对我要求道：“阿姨，和小羊拍张合影吧，我们的小羊可听话了，一块钱，随你怎么拍。”

我抚抚他们黑黑的小脸蛋，问：“怎么汉语说得这么流利呀？”他们很骄傲，说：“我们老师教的，我们的老师，是丽江的，我们在学校学汉语。”

为首的那个小男孩怕我不信，他用手指头，在泥地上划了两个字给我看。“阿姨，这叫‘人’对不对？这是‘羊’对不对？”他抬头问我，神情颇得意。

地上歪歪扭扭的字，一个正是“人”，一个正是“羊”。

我赞许了他。他高兴地说：“那么，阿姨，你和我们的小羊拍张合影吧。”

我说：“好，我们一起拍吧。”他们立即摆好姿势，显得十分老练。牵在他们手里的羊却不肯配合，老想开溜，被他们一把攥住，他们对羊说：“拍完照再走，拍完照再走。”

我给了他们十块钱。他们欢天喜地，一个劲地说：“谢谢阿姨。”转身，他们又跑到其他游客身边去了，几只羊，不情不愿地跟着去了。

我有些惆怅，站在草甸边，望着远处的山，我很想知道，那里的平静与单纯，是否也被打破。

四

从中甸向北，草原连着草原。草原尽头，群山连绵，而在群山之中，坐落着一座庞大的古建筑，这便是云南规模最大的藏传佛教寺院——松赞林寺，又称归化寺，始建于公元1674年。传说达赖喇嘛在为该寺选址时，曾占卜，得到神示：“林木深幽现清泉，天降金鹜戏其间。”寺院建成后，寺内果真有清泉淙淙，春夏不溢，秋冬不涸，并能常见一对金鹜出入。

扎仓、吉康两大主寺是全寺的统领，建于山坡之上，坐北朝南，为五层藏式雕楼建筑。殿宇屋角走兽飞檐，又具汉族寺庙建筑风格。左右墙壁为藏经“万卷橱”，正殿前座供奉有五世达赖铜像，其后排列着著名高僧的遗体灵塔。下层大殿有108根柱楹，代表佛家吉祥数。又有解说，人生有 108 种苦难。——我喜欢后一种说法。

不时有僧侣进进出出，都是庄严肃穆的。我产生奇想，以为这里，会住着中世纪受难的王子，上天垂怜，终于让他得见天日。洛桑却突然神秘地指着一个在礼佛的僧侣告诉我们，那人是他家的邻居，俗名原叫仁吉的。言语之间，颇多羡艳，颇多自豪。在藏人心目中，能出家向佛，是无比崇高且荣耀的一件事。

游人们都涌到山坡上的转经筒那儿，跟在两个僧侣后面，以手抚筒，转啊转啊，一圈又一圈。烦忧转走了。苦难转走了。不幸转走了。每个人都转得喜笑颜开的。

梵音从山下飘上来。梵音从山上落下去。如天籁。我一时竟如同被魔咒镇住，动弹不得，只出神地听。太阳是透明的，仿佛把整个天地，罩在一个透明的玻璃球里。站在山顶上俯望，这座叫松赞林寺的建筑群尽收眼底，犹如中世纪的古城堡，金光闪烁。屋顶上的鎏金铜瓦，更是熠熠放光。佛家慈悲，万千众生，如同新生。

五

夜，在迪庆住下来。

洛桑问我们要不要去藏民家看看。有人赞同，有人不赞同。最后，赞同的占了大多数，每人另交 60 元。我因头痛，想在旅馆休息。同伴劝："难得来一趟呀，去看看吧。"于是，去了。

旅游车一直开到藏民家门口，早有藏人在门口迎着，穿着节日盛装，端着酒杯，唱着歌，给游客敬酒、献哈达。我们脖上挂着洁白的哈达，合掌还了礼。上楼，穿过一间挂满民族服饰的房子，转身进入一个大厅。大厅四壁，全挂着织毯一样的壁画，当然那不是织毯，而是藏人的宗教，色彩艳丽。游客们在大厅里一排一排坐下，面前的长条桌上，已摆着倒好的酥油茶，还有青稞面。游客可以边喝酥油茶，边学做奶酪。

洛桑之前跟我们深情地说起酥油茶的好喝，奶酪的好吃。他说，酥油茶不但解渴，还解饥，藏人每天必喝上几大碗。藏人远行，随身必携带着青稞面，走哪儿，只要弄上一捧水，揉进青稞面里，就是世上最美味的奶酪了。他们靠这个，走遍万水千山。

我喝一口酥油茶，有些怪怪的腥味，不习惯。看其他人，他们兴冲冲端起碗，喝上一口，也都再无继续。倒是学做奶酪，都学得兴趣盎然的。一块面，在手上左搓右揉，最后成一坨，扁不扁圆不圆的。问洛桑："这就是奶酪？"洛桑惊讶地夸："你做得真像。"他抓起一块咬，在嘴里慢慢咀嚼，满是滋味的。我们也学他大咬一口，说不上是酸还是甜。总之，味道也是很怪的。看来，别人的美味，未必就是你的。

有吃烤乳猪的、烤全羊的。火铁架子就架在我们旁边，火苗儿一蹿老高，肉香味弥漫了整幢屋子。一边吃着烤肉，一边看藏舞，听藏歌。藏人的舞蹈，自不必说，男女老少都会，他们一旦跳起来，浑身的每个细胞，仿佛都在舞蹈。歌喉也都是一顶一的，有一个七十多岁的老妇人，甫一亮歌喉，立即惊艳四方。那声音太特别了，如金属相扣，每一个音符，都被她唱得光芒四射。一屋的人，把地板踩得"咚咚咚"，齐声说着："扎西德勒（吉祥如意）！"声震屋宇。

外面不知什么时候，微微飘起了小雨，但人们兴致不减，涌到外面，跟在藏人后面，学跳篝火舞。胳膊挥起来，脚踢起来，一圈一圈。大家手拉手，认识的，不认识的，都亲密无间。这个时候，所有的欢乐，汇成一堆篝火，不分彼此，不分来处，一齐熊熊燃烧。一直持续到夜深，众人才恋恋不舍告别藏人家，回到旅馆。

在宾馆大堂，洛桑千叮万嘱一些注意事项：不能一个人到街上乱逛，防止出意外；不能在卫生间洗澡时间太长，高原气候干燥，被子上最好洒点水……我的太阳穴两边疼得厉害，只想早早把自己丢到床上去，他那边话未完，我已往房间冲去。

真的到了床上，却难以入睡。我睁眼打量四周，一面白墙壁上，挂一颜色鲜艳的织物，底色是杂染的靛蓝色，上有繁杂图案，日啊月啊羊啊什么的，充满神秘。看不懂，却觉得和谐安详。我想，这大概就是藏人追求的世界，所谓天堂，应是一切生命安于自己的生命，彼此尊重，亲密共处。

外面黑魆魆的，天空匍匐在大地上，整个香格里拉渐渐进入沉睡中。偶有一两声藏獒的吠声，沉沉地传过来，空旷，辽远，莽莽苍苍。

北方的秋天

没去北方前，感觉里，秋天的北方，是满目凋零的。事实上，全然不是这样。

就拿沈阳来说，秋高气爽的天，太阳比南方的要烈，要热情。树也绿着，花也开着，更让人流连的是，它的果实累累。真的就是果实累累啊，乡下的路边，随便一处山坳坳里，都可见一树一树的果子，红的，黄的，紫的……饱满成无尽的诱惑。

去青山沟。

一路绕山而行，绕水而行。山不高，仿佛一伸手，就能触摸到山顶。如果说，南方的山是纤细高挑的女人，千娇百媚，那么，北方的山就是体魄健壮的汉子，浑圆敦厚。山上云雾缥缈，阳光穿透岚烟，拉出一条条亮闪闪的线，在绿的叶间跳跃。北方的朋友说，如果再晚些天来，会看到满山的红叶呢。我笑，并不觉遗憾，有些好，原是要留在想象里的，这样才有念想。

北方的水，不似南方的多情，却自有它的柔媚处，譬如青山湖。水域辽阔，上下长达百余里，两岸青山对出，古木森森，山绿，树绿，衬出水更绿。人若掉进去，定也成一个绿莹莹的人罢。

青山沟多的是原始植物，尤其盛产野猕猴桃。沿着山路，曲折而上，一路有溪水跟随。满鼻植物的清香，如果嗅觉更好一些的话，还会闻到果子的香，是山楂，大枣，栗子，野猕猴桃。我们追着导游问，若看见那些野果子，可以随便摘了吃么？漂亮的导游小姐回眸一笑，当然可以的呀。

有游人骑马山路上过，马蹄嗒嗒，踢飞溪水。头顶上蓝天白云，身边绿树环抱，心里不由得滑过那句话来：树在。山在。大地在。岁月在。我在。你还要怎样更好的世界？

半山腰，有瀑布从高高的峡谷断层处飞涌而下。当地人在那儿立了一个很有意思的石碑，上书：九曲天水。很想尝尝那天水的味道，只是离得远，隔着山涧呢，想那味道一定很甜吧。导游小姐肯定地说，甜！我们这儿的水，都能生喝的，比矿泉水好。北方人的骄傲，溢满她眉间。

惦着山下的果子，果子在山民们的篮子里，野猕猴桃，山枣，板栗……旁有一株大丽花，开得轰轰烈烈。我们围过去，山民们很是厚道地招呼我们吃，拣大个的给我们。问价，极便宜，两块钱一斤。直吃得牙发软。

一路吃过去，吃南果梨，吃李子，吃山核桃。还有一种水果，名儿叫得好奇怪，居然叫“姑娘”，小小的果子，外裹一层胞衣，像躲在深闺里的小女儿，轻易不见生人的。揭开胞衣，可见到里面粉黄的“小人儿”，联想到它的名，让人忍不住笑起来，到底是姑娘家，人家害羞呢。

北方的朋友热情憨厚，一路之上，照顾有加，体贴入微，生怕我们吃不好住不好玩不好，笑容和话语，北方的秋天一样的，明净温暖。我回来时，他们送我一箱南果梨，殷殷相邀，再来啊。

当一场绵绵细雨，在我的城降落，路边的紫薇花，全部凋落殆尽。季节很是秋了。北方朋友发来信息，梅子，想你了。我抬头望一下天，眼睛湿润，是，我也很想念，想北方满山的叶，快红了罢。岁月里，落满惦念的好。

最美的时光

新疆归来，已有好几日了，整个人却还是迷迷糊糊的，如坠云端。耳畔回旋着的，是牛羊的叫声。人声物语，都是呢喃。

就没见过那么多的草。

从巴音布鲁克，到那拉提，到喀拉峻，到夏塔，到赛里木湖，一路走过去，全是草啊。那些青青的草。那些绿绿的草。那些头顶着黄的小花紫的小花红的小花，伸着绿胳膊招展着的草，一座座的山峦上全是。一个个的山坡上全是。山谷里也长着。平地上也长着。绿在流淌，花在流淌，绵绵无尽。

还有雪山。

就没见过那么多的雪山。

雪未曾消融，莹莹的白披着，像披着件缀满了银珠儿的银袍子。那么近的距离，它们，就立在我的跟前，我只要一伸手，就可以触摸得到。雪山之上，云朵像巨型的猛兽匍匐着，白而胖的。而这些猛兽看上去，却是温顺的，收了性子的。它们伸着懒腰，打着哈欠，目光慈善又懵懂，似乎那冰雪，是它们最温暖的眠床。而雪山之下，绿草起烟，云雾般腾起，四下里弥漫。也时见冷松和云杉，在半山坡上，在山谷里，笔直地站成一排排，披着一身青绿，护卫一般的，守护着雪山。一年里的四个季节，不可思议地在这里相聚了。有春的烂漫，有夏的青碧，有秋的斑斓，有冬的洁白。

山峦连绵起伏，线条浑圆、柔和。看着它们，我老是要想到侧卧着的女人的剪影。那些绿草缀满的山峦，真的犹如柔情似水的女人，丰满的，又是幸福安康的。

哪里需要寻找角度？哪里需要选择地形？随便一处停下来，都能惹起你的惊叫，美啊！太美了！哪一处，都堪称经典。

你的眼睛看饱了，看倦了，那就拿耳朵听吧。躺到一块草地上去，听小花们窃窃私语，听小虫子们喁喁吟唱。还有牛羊的叫声，哞哞哞，咩咩咩。一丛草，被马儿的蹄子踩弯了腰，哈萨克六七岁的小童，骑在马背上，一路呼啸而去。等马儿走远了，草们又挺直了腰。似乎是被调皮的小孩子捉弄了一下，它们有些哭笑不得地扑扑身上的泥，望着远去的马和小孩，并不恼，神情里纵容得很。

如果你还走得动，建议你最好不要停下脚步。你走起来吧，一直地走。不定要上哪儿去，你就迎着雪山走吧。或者，择一处青草茂密处。就那么，走向青草更深处，走向野花更深处，在海拔高达两千多米的草甸上。喧嚣的尘世，纷扰的人事物事，那都是前世的事了。你只觉得你的洁净，洁净得就像草原上的一棵草，一朵小野花，还有那屹立不语的雪山。

也时而遇见放牧的牧民，赶着一大群羊。你原以为羊只有白色的，在这里，你长见识了，你见到黑色的羊，黄色的羊，还有白黄杂染的羊。它们的毛发卷卷的，大尾巴卷卷的，眼神天真，真是好看。

那些牧民有哈萨克族的，有蒙古族的，他们住毡房和蒙古包。他们说着你听不懂的话。但不要紧啊，天下的笑容都是一样的，里面住着良善。你若遇见，对望着笑一笑，心底里会有温暖浮起。

同行中有父女两个，女儿刚刚小学毕业，文静内向，言语不多。往常在家，父亲忙于工作，与女儿交流极少，女儿对他很生疏。这十多天里，他们形影不离地在一起，在能步行的时候，绝不去骑马或坐车，而是选择步行。他们一路走着，翻山越岭，看山，看草，看花，看牛羊，渐渐的，女儿对他，十分依恋起来，有着说不完的话。他感慨万千，他说，这次出行，真是值了。说着说着，眼中竟泛起欢喜的泪花。

我相信，这段时光，一定是他们一生中最美的时光。

第二辑

做一只陶罐

我祝愿一切生命，长成它自己想要的样子。

做一只陶罐

一

我每天早起的第一件事，就是问候一下我的花草们。一夜好睡，它们的心情看上去都不错。也有在梦中悄然绽放的，它怕是自己也不知。想它早起，猛然一转身，看到自己头上顶着一朵花，肯定要大吃一惊了，咦，我什么时候开花了？这么想着一棵植物，我笑起来。我会为它的盛开鼓掌。

也有光长叶不开花的。我也为那些叶子们欢喜。能做一片叶子，也是好的。有什么不好呢？宇宙之大，各有各的存在和轨迹。相对于存在本身来说，无所谓伟大和渺小。我祝愿开花的好好开花，长叶的好好长叶。

我祝愿一切生命，长成它自己想要的样子。

二

有阳光的时候，我让一朵或几朵阳光，爬上我的身体，从眉毛，到嘴唇，再到心脏。

我也就成为一个发光体了，光芒万丈。

我会对同样在阳光下的那个人说，我爱。

为什么不说呢？有这么好的阳光，有这么好的世界，而我们，是多么好的两个人。

不辜负这份好。那么，就在还能清晰地表达爱意的时候，多说几声，我爱，我爱！

三

吃柚子的时候，我把柚子肉细细掏尽，壳晾在窗台上。一些天后，它就成了很好的器物。

装花，是再好不过了。

前些日从南通带回的一篮子花，搁家里很久了。是一个小女孩送的。她读我写的书，喜欢得很，便用花来表达她的喜欢。小女孩长着一张百合花似的脸，字也写得极其秀气，我看到花时，很自然地想到她。想她长大后的样子，那时候的她灼灼其华，谁才配得上她呢？

这么久了，一篮子的花，自动风干成干花。

我修修剪剪，把它们装到柚子花器中。退一步看，好看。进一步看，还是好看。左看右看，上看下看，就是好看。好看得要命。

一个上午，我因这一柚子的花，开心不已。

这世上不缺少快乐，缺少的是一颗，寻找快乐的心。

四

读书。越读书越觉得自己的浅薄。

我从不否认，我的能力很有限，才华也很有限。

谁能做到登峰造极呢？谁也不能。那么就老老实实埋头走路吧。

我们一辈子，最虔诚的生活态度是，永远做个小学生。学无止境。

五

我们人，就好比各式各样的容器，或大或小，或精致或粗陋。大有大的用途，小有小的用途。比方说，青花瓷里插一枝梅花，或一枝荷，当十分优美。瓦罐里养上一蓬铜钱草，会很是生机勃勃。关键是，你要让你这个“容器”里，有相应的内容好装。

如果让我选择，我愿做一只陶罐，上面开满小雏菊。

世上的美，是多方位的，多层次的。而你我，都是美的一种。

我祝愿一切的生命，长成它自己想要的样子。

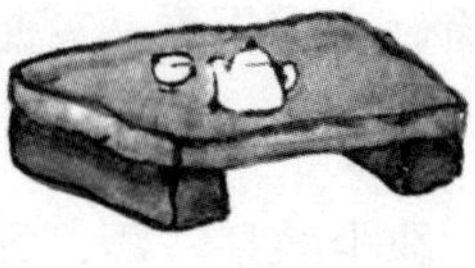

三月的田野

三月里，我回乡下老家小居了一段时日。

突然间拥有大片空闲，天地变得又阔大又寂寥，我也就有了去地里走走的机会。

随便顺着一条田埂走下去，地连着地，一律的是麦苗青，菜花黄。蚕豆也快开花了。豌豆花跟油菜花比赛着开，一个恬淡秀雅，一个疏狂热烈。地沟里，田埂边，总能遇见很多的野草野花，泽漆、马齿苋、茴茴蒜、田旋花、婆婆纳、车前子，多不胜数。我最爱婆婆纳，这么老气横秋的名字，却长着一张精致无比的小脸蛋。它简直就是个小精灵，一朵朵小蓝，像撒落一地的蓝眼睛。

广阔的田野里，见不到人。我妈语气幽幽地说，谁家老的若病在家里，怕是也找不到个人帮着送医院的。听着，颇多伤感。我沉默了一会儿，明知故问，那么，人呢？我妈看我一眼，说，现在村上除了老的，就是小的，找不到一个小伙了，都出去挣钱了。

我点点头。

田野却不见荒芜，庄稼仍是一片连着一片的，长势很好。我妈

75 岁的老太太了，也仍然种着好些地。她说，不干活，浑身就难受。我姐也是，除了种田外，她还跑到街上的超市去上班，有时上晚班，要到夜里十点多钟才回家。埋怨她，你就这么爱钱啊！我姐说，我也不是为了钱，整天都找到事做，人才活得有劲。

也是。民间有句俗语，牛扣在桩上一样老。人和牛不同，人是在劳作中获得存在感充实感的。我理解了我爸我妈和我姐，种下一粒麦子，收获到一捧麦子，对他们来说，就是最大的成就吧。他们也无须别人来承认，来赞美。

譬如我眼前的这些小野花吧，它们完全可以自暴自弃，要那么辛辛苦苦盛开着做什么呢？也没人欣赏，也没人当它们是花。可生命是自己的，它们要明艳给自己看。再说，风是知道的。雨是知道的。露是知道的。还有阳光和星辰，还有野蜂和蝴蝶，它们都是知道的。对这些小野花来说，这就是活着的意义了。

我慢慢走着，有时停下来，等等风。或者，等等一只蝴蝶，一只小野蜂。回头望去，村庄的一排房子，安静在蓝天白云下。三两株桃花，涂抹着一片云霞，从人家的屋后探出头来。

邻居家的小白狗，奔了我来。它兴奋得很，绕着我直转圈子，上蹿下跳，它就差说，我终于找到你啦！第一次见面，我曾喂它一块肉，它记住了我的好。我拍拍它的头，唤它“小白”，带着它走，往一片芦苇荡去，那里面住着苦恶鸟。

苦恶鸟的名字真不中听，小时听到它叫，就害怕，尤其在寂静的夜里。它的叫声里，一叠声的“苦啊苦啊”，似有天大的冤屈。我奶奶说，它是恶媳妇变的。恶媳妇虐待瞎眼婆婆，死后就变成这种鸟，到处喊冤呢。人只有积德，才能转世为人的，这是我奶奶的人生观。

它极深地影响着我，虽我从不信转世之说，但，一生要做个善良人，无愧于心，这点，我尽力在做。

苦恶鸟的样子，并不难看，甚至，还称得上英俊的。腿修长，颈项处，套一圈白，像套了个银项圈。我问小白，你认识苦恶鸟吗？小白朝我摇摇尾巴，似懂非懂。

我在芦苇荡里找了许久，也没找到苦恶鸟的影子。我有些好笑自己的痴心，时光已走了那么远，一只鸟怎会还待在原地。

清明风

清明有风。

其实哪一天都有风。但清明的风，它有了个正儿八经的名字，叫“清明风”。西汉时期的《淮南记·天文训》中是这么说的：“春分后十五日，斗指乙，则清明风至。”

春天走到这里，算是站稳脚跟，功成名就了。它仪态万方的，随便往哪块田间地头上一站，那里该绿的，便都绿好了。该开花的，也便都开好花了。虫子们也都出来了。鸟们也都聚齐了。清明风吹着香，吹着暖，吹着说不出的好闻的气息，又嫩又软。唉，我们小孩子的心，被吹得像柳絮一样的飘起来，不知怎么撒欢着才好。那沟渠边的茅针，都冒出来了，可以一粒一粒找着，拔出来吃了。跑进菜花地里，捉捉小蜜蜂，也够我们忙活大半天的。或者，在河边折了柳枝，采一把菜花，坐在那老柳树底下，编编小花篮和花环。

每个孩子的头上，这天，都会戴上那样的一个花环的。我们蹦跳着唱歌谣：清明不戴杨柳，死了变黄狗。清明不戴菜花，死了变黄瓜。——真是没道理。可我们唱得那么兴高采烈，信以为真。即便是男孩子，也会在头上认真地戴上一个花环的。我们迎着清明风，一路奔跑，头上的黄黄绿绿，跟着风飞舞起来，惹得蝴蝶来追逐。也正玩得起劲，家里大人的高嗓门，忽然传过来："快家来给祖宗亡人磕头。"哎呀，差点儿把大事给忘了呀，赶忙转身往家奔。这天，家家都要供亡人的。

我们能知晓的老祖宗，也就是他们的一个个牌位。牌位上的祖宗亡人，我们多数没见过面。有幸见过的，比如我的婆老太，也多半被我们遗忘掉了。当烛啊纸钱的燃起来，我们几个孩子，一个接一个，对着牌位跪下来，像小鸡啄米般的，连连磕头，磕着磕着就偷偷笑起来，觉得好玩。

大人们嘴里念念叨叨，一边烧着纸钱，一边叫着谁的名字，说，某某，家来啊，家来取钱啊，你们要保佑一家大小平安啊。我忍不住四下里看，看他们会从哪里走回家来。案桌上，照例供着供菜：炒团粉、烧豆腐块、红烧鱼、红烧肉。米饭堆得尖尖的，筷子插在上头。我很害怕他们会把那些全吃光了，我是很想吃红烧鱼和红烧肉的。心心念念着这些吃的，外去玩一圈回来，中午的饭桌上，竟意外有红烧鱼和红烧肉，让我们对祖宗亡人感激不尽，他们竟一点也没舍得吃，全省给我们吃了。

对小孩子来说，死亡也仅仅是一个东西没有了，但很快，又有另一个东西冒出来，替代了它。就像桃花谢了，梨花又开了。他不会知道，祖母没有了，再没有一个祖母可以代替她。人是上了一定年纪，才懂得哀愁的，吹着清明风，有多少怀念的泪，落在心头。

这个清明，我很想念我的祖母。她在地下已十年了。

少年游

去从前的学校。

沿着从前的路，那记忆中的。路虽拓宽了，全铺上了水泥，然路两边的景象，却还是从前的模样。房子有些翻建过了，但住在里面的人家，姓张的，还是姓张的那一家。姓李的，还是姓李的那一家。有生有死，有来有往，几无间断。乡下绝大多数人家，都如一棵树，长在那儿，就在那儿，子孙后代，蔓延下来。

我一边走，一边在记忆里搜寻着他们的模样，他们的故事。这一路之上，每家悲欢，我基本上都晓得。少年时，我一天两趟，走着这条路去学校。

冯老头的房子还在路口。从前是三间草房，现在变成三间瓦房了。门上贴着红对联。看情形，是有人居住的样子。是什么人居住在里头呢？我上学时，每日里路过冯老头的家门口，也只见到冯老头一个人。那时，冯老头已经是个很老的老头了。我们几个孩子，放学了不急着归家，有时会在他家门口的场地上，跳绳或踢毽子玩。冯老头进进出出，也不知忙些啥，但对我们，是温和的，从不赶我们走。

靠近学校的小河边，居住着同尺的大老婆。同尺是个呆子，据说是读书读呆掉的。又据说，他年轻时，娶过几房老婆，后来老婆全跑了，只有这大老婆忠肝义胆地守着他。说是他家有恩于她家。——这当然都是道听途说来的。在当时，我们一帮少年的心里，这多少，有点神秘。

我们认识同尺和他老婆时，他们也是两个老人了。他们住在坐东朝西的几间茅草屋里，一旁的小河，流水淙淙。河边长一棵石榴树，五六月，榴花如一盏盏小红灯笼，悬在树上，好看得叫人发怔。

我们起初都有些怕呆子同尺，他虽头发花白，仍养得白白胖胖的，看见人，傻笑，嘿嘿个没完没了。他老婆很会哄我们，拿出炒蚕豆来给我们吃，一边安慰我们，不要怕，不要怕，我家同尺不打人的，他是个好人。

同尺过了不久，却死了。棺材摆在堂屋里，正对着大门。我们走过门口，就见到那口棺材。也没有过多害怕，只是觉得神秘。同尺的老婆守着那棺材，直到我们毕业离开了，那屋子，那棺材，依然如故。

我再去寻那间草屋子，不见。那里被一片树木覆盖了。同尺的老婆，也故去多年了。我也去寻那棵石榴树，拨开杂乱的树木草丛，终于寻到那条小河。小河早已枯竭，石榴树居然还在，它上面，爬满了枯萎的藤蔓。五六月里，它还会撑着一树的红灯笼的吧？我在它旁边站了许久。有鸟儿在不远处的树丛中，跳跳蹦蹦。

学校的校长知我去，带了老师出来迎我。原先的中学，变成小学和中学混在一起的九年制学校了。曾经的校园面貌已大改观，月亮门和一排青砖小瓦房，都不见了。还有那杨柳轻拂着的小木桥，和水边的小亭子，都已消失。有了很齐整的教学楼，还辟了一个小花圃，里面的红叶李，开得正喧闹。

我坐进一年级的教室里听课，听那些孩子们，像小鸟一样吟唱：春天的小池塘，微风轻轻吹着……

我恍惚看见，从前的少年，慢慢走过来。

一朵梅花的一生

从没想过一朵花的开放要多长时间。花开就是花开，只是在照眼的刹那，它的色彩，它的多姿，会让我们忘情地叫一声，呀，花开了。至于它在黑暗里，在风雨中，要独自行走多长时间，我们才懒得关心呢。再说，一朵花么，开起来还不是轻而易举的事么。

比方说，一朵梅花。

我们不晓得看过多少的梅花，从冬看到春。但我们从未对其中具体的某一朵梅花，产生过挚热的爱意。我们自然不知道，在一朵梅花成为一朵梅花之前，它有过多少的喜乐哀悲。我们的感情是那么泛滥，泛滥到我们随便一掏，就能掏出一把来。然里面到底有几分真心，怕是连我们自己也说不清。

一朵梅花到底要走多长的路，才能成为一朵梅花呢？当我偶然翻阅到宋伯仁的《梅花喜神谱》，我对此才有所了解，暗地里吃惊，原来一朵花开是那么的不容易。我仿佛第一次认识梅花。

宋伯仁，南宋诗人。爱梅成癖。他为此专筑梅圃栽梅，又筑茅亭相对。每到梅开时节，他满脸清霜，满肩寒月，在茅亭边徘徊，细赏梅花种种可人之态，细嗅梅花之清香，不厌不倦。他边画边诗，创作出一部集诗画于一体的《梅花喜神谱》，生动而详细地记载了一朵梅花的一生——先是蓓蕾。后小蕊。后大蕊。后欲开。后大开。而后烂漫。烂漫之后欲谢。谢完之后就实。

蓓蕾的孕育，是从九月份就着手准备着的，一直持续到来年的一月份，经历麦眼、柳眼、椒眼、蟹眼四个时期，蓓蕾的外层鳞片才一点点破开，露出内层鳞片，花萼渐出。花朵的精华——花冠和花蕊，是藏在花萼中的。

一月至二月上旬，是花冠形成期。这个时期，花萼渐渐长大，慢慢撑破。最后，花冠终于诞生。有的如樱桃。有的如佛顶珠。有的如古文钱。有的如兔唇。有的如蝌蚪……千姿百态，妙趣横生。

接下来的一周，眼见着花冠鼓胀起来，含苞待放。这个时候最为美妙，是妙龄少女，是豆蔻年华。那柔粉的花冠，有的如药杵。有的如蚌壳。有的如鹳嘴……那里面，包裹的是怎样一团惊艳啊。

三四天后，花冠终于舒展开来，一瓣一瓣。大开特开。烂漫而开。如烟似霞。如锦似帛。人只看到它盛开时的明媚和娇艳，却不知道它已独自在黑暗里走了很远很远。它送别了秋，熬过了冬，这才迎来了它的光明和华美。虽然只有短短的两三天，而后，它就面临着凋谢。可是，对一朵梅花而言，它活出了它的价值和意义，它定是无悔的吧。

一朵梅花的一生，跟一个人的一生何其相似！你想拥有绚烂的人生，必得经历漫长的积淀、磨炼和等待。

看海

冬天去海边，以为定是萧条的。其实不。那里的景象，才真正叫热闹呢。滩涂上，一望无际的，是那种盐蒿，红灿灿一路盛开过去，每片叶子，都是红的，小红花似的。豆沙红。于是，满滩涂都披上了花朵朵，娇羞的新嫁娘啊。

那人是在海边长大的孩子，对海的一切，熟悉得如同自己的呼吸。他能说出海边每一种植物的名字，对海里面的鱼类虾类贝壳类，更是如数家珍。他掐下一棵盐蒿，问我，你知道猪爱吃这种盐蒿么？我惊奇，你也养过猪？他说，当然。小时，常跑来海边挑盐蒿，回去用水浸泡，把咸味去掉，然后煮熟了，猪特别爱吃。

也说起小时跑来挖文蛤的事，可以帮家里大人挣工分的。工分是特殊年代的一个词，听上去，好遥远。他的回忆，却真切着，一根小扁担，压在细嫩的肩上。那边海水涨潮了，不知。等到海水漫到脚边了，他一下子惊慌得不知所措。这时，是他的二哥，冒着生命危险冲过来，接过他的扁担，拉着他跑，他这才跑到围堤上。回头望去，一片水茫茫。他动情地说，我二哥救了我的命，所以，我二哥现在不管提什么要求，我都会帮他。

他是真的这样做了。他二哥来城里有事，他丢下所有，全程陪着。他二哥孩子上学，他跑前跑后，帮着办入学手续。他二哥喜欢喝点小酒，他一段时期，身体有病，不能喝酒，但他二哥来了，他定要陪着喝几杯的。他对他二哥的好，除却骨肉亲情外，还有感恩的成分在里面。一个懂得感恩的人，是善良的。而这个世界，多么需要这样的善良。

我握他的手。这个男人，无权无势，也不能挣来大把的银子供我花。可是，他有善良。他还可以，在冬天的时候，陪我来看海。这让我心安。

除了红灿灿的盐蒿，滩涂上多的是芦苇。这个季节，芦苇们都顶着一头一头的花。柔软的花，柔软的白。历尽世事的老妇人似的，满目慈祥，而又充满怜爱地看着这个世界。

还有海鸥。盘旋在低空处，翩翩起舞。仰头，真正羡慕它们的舞台，这么的宽广。它们不寂寞，满滩涂的盐蒿，都是它们的观众。还有芦苇，还有一些依然在不屈不挠开着的小野花。枯茅草里，突然现出一点黄，黄艳艳的黄。是一朵两朵的小野花呢。那欣喜，让人发怔，莫名其妙地鼻子发酸。

生命是这样的顽强，这样的生生不息。

有一天，有那么一天，我会以什么方式结束一种生命形式，而又以哪一种方式重新存活呢？我常常会设想到死亡这个问题。

他说，不吉利。

但我还是要想，很多悼念的眼泪，会是灌溉我重新生长的雨水罢。我将以一种植物的形式，重新存活。譬如，就做这滩涂上的一棵盐蒿。譬如，就做那水边一枝沉默的芦苇。或者，就做一棵小草，在砖头缝里也能生长。

我是自然的一分子，我当还以自然的形式，回归自然。

这样想着，死亡并不可怕，它成了可亲的一种回归。这样想着，一些逝去的人，其实离我们不远，他们的呼吸，还在我们身边。或许，就是路边那一丛花。或许，就是风中飞起的荻絮。或许，就是那一袭一袭，吹过脸颊的风呢。

这样想着，便有了永恒。

海边无人，除了我们两个。

洗手做羹汤

读唐诗，读到王建的“三日入厨下，洗手做羹汤。未谙姑食性，先遣小姑尝”，爱极。特喜欢“洗手做羹汤”那句，很活泼，充满生活气息。是女子如玉的手么？浸到一盆清水里。女子弯弯的眉梢上，一定含了羞。心却是忐忑不安的，怕做不好汤。菜在案板上躺着，是剥光皮的芋头。或是，一些白的山药，可以做甜的汤。女子的发挽上去，收起女孩的俏皮，从此，做了人家的媳妇。

我以为，再多家常的细节，也敌不过这个洗手做羹汤的。这是怎样的一种可亲与可爱？一个女子，肯为你跳进厨房做羹汤。当汤在锅里“噗噗”地响着，厨房里氤氲着一层香的烟雾，而你，远远归来，一脚踏进家门，就被浓浓的香雾抱着了。你的心里，会绵延出怎样的满足与幸福来？好的日子，原是一鼎一镬滋润出来的。

记忆里，我的祖母，会做好喝的鸭羹汤。它其实与鸭一点关系也没有，完完全全是芋头做出来的汤。那时日子贫穷，吃不到鸭，但芋头却是不紧张的，屋后的土里，长很多。刨出来，剥下外面一层黑乎乎的皮毛，就露出里面雪白的身子。祖母的切功很了得，她会把它切成大小均匀的丁，一粒一粒，放锅里烧。汤烧得十分的黏稠，我的祖父爱吃。每到饭时，他总是吩咐祖母，做一碗鸭羹汤吧。

那时，我喜欢在一边看祖母做羹汤，一招一式，充满暖和香。切刀在案板上叮叮咚咚，灶膛里的火苗烧得旺旺的，空气中，飘着葱花的味道，让人特别安心。

现在，可喝的汤多了，鸭羹汤倒是不常见，它更多的是在怀念中。偶尔想起，我会到市场上去寻了芋头回来，学着祖母的样做。但手却立即瘙痒得不行，像有千万只虫子在皮肤里面爬。原来，芋头皮极易使人皮肤过敏。想祖母做了一辈子的鸭羹汤，却从未曾听她喊过手痒，那里面，该有多么深厚的爱的支撑！

我的小友娜尹，是个相当前卫的女孩，一宣布永不结婚，二宣布永不进厨房。一个人过多好啊，她说。于是天马行空，满世界游走，活得潇潇洒洒。她的新居里也有厨房，不过厨房里的厨具，都是簇亮簇亮的。她笑言，摆设而已。某一日，去看她，却看到她正挽着袖，异常努力地对付着一条大鱼。问她，干吗呢？她说，熬鱼汤啊。脸上的表情，竟从容得很。

后来才知，她爱了，爱的那人，上夜班，熬夜呢，她要熬鱼汤给他喝。鱼汤，大补，她这样说。一边幸福地笑起来，完完全全忘记了，她曾发过的誓。

因为爱你，才会为你洗手做羹汤。这就是凡俗的爱情，家常的，充满烟火气的。

幸福的盘子

结婚后，我添置得最多的家什，就是盘子——菜盘、果盘、汤盘，形态各异，五彩纷纭，像多姿的婚姻生活。

记得新婚时，我突然间拥有了一方属于自己的屋檐，恍惚得厉害。常常一个人，望着屋檐上方的一角天空傻笑，幸福的感觉，如藤蔓似的，一丝一丝缠绕到心中。

那是两间朝阳的小屋，门前有小小的院落，装进两个相爱的人，已是足够足够了。小屋倚墙摆一些柜，结婚时新买的。空闲的时候，我喜欢反复打开那些柜看，里面空空荡荡的。我很满意那种空，我要用它来盛装我们的日子。那时的我，特像一个好不容易拥有了一大把花花绿绿蜡笔的小孩，急于在空白的纸上涂抹。

厨房里本没有碗柜的，心里便渴望着添个碗柜。当时刚好新购了一架书橱，原有的书橱就成多余的了，我们把它改成了碗柜。外表漆成很诱人的奶油色，里面原先放书的那一方方小格子，用来存放碗盘杯盏再好不过了。碗柜改成的当天，我就跑到商店去，买回许多的盘子。瓷的，纯白的底子上，卧一圈靛蓝的花。花瓣儿瘦长瘦长的，像叶，有种遥远的韵味。我抱着一叠盘子回家，感觉里，我是抱了满怀的幸福。我把那些盘子放到水池里，一只一只小心地擦洗，直擦得光鉴照人，摆到碗柜里，心便在那些光亮的盘子上快乐地来回徜徉。寻常的日子，极少有机会用到那些盘子，但不时地能看看它们，就有着无尽的欢喜。

后来我外出，别的不买，盘子总要买一只两只带回来的。一次在苏州，逛古旧的店，竟淘得几只古色古香的盘，不问价钱，掏光身上所有，把它们抱回来，满心里都是意外的惊喜。还有那些缤纷的果盘，一只只，精灵古怪的模样，被我小鸟衔草似的衔回家来，搁置在茶几上、柜子上，里面装一些新鲜的水果，家的甜蜜便一盘装了。

前些时搬进新家，我舍弃了很多旧东西，但那一碗柜的盘子，却一只也没舍得扔，我把它们全部带到新家。周日的上午，我坐在新家的地板上看书，书是三毛的《我的宝贝》。三毛写道："在我婚后，也喜欢上了盘子。"那行文字上方，有很阔绰的留白，留白处，印着一只幸福的盘子。我盯着那只盘子看，我笑了，回头寻望我家的盘子，茶几上的，桌子上的，碗柜里的，我统统把它们数望了一遍。三毛的盘子是个半残的故事，而我，却很幸运地让我的盘子，把家常的婚姻一路盛装了来。

我考虑着，什么时候也在墙上挂上几只，让那些盘子，像寻窝的鸟似的，在我的小家屋檐下，做窝，栖息，安宁地入梦。

苦趣

我称他黄师傅。

黄师傅是个挑夫，每天要上下黄山两趟，上午一趟，下午一趟。一趟承重二三百斤，挑着山上的所需，食物、水、蔬菜瓜果……山上的垃圾，也是靠他们一担一担挑下山的。

年轻时，我一担能挑上三四百斤呢，现在年纪大了，挑少了，黄师傅呵呵笑着，笑露出两排不算洁白齐整的牙。他站着，人半倚着担子。担子却不曾歇下，而是用根木棍子撑着。我仔细观察了一下，发现每个挑夫的手里，都有这样的一根木棍子。走路时，可当拐杖使。歇息时，可做靠依和支撑。

云雾一团一团袭过来，刚刚还是大晴天，转眼间飘起小雨。山峦隐约。碧树和红花，像在云雾中穿行，它们急急的，要奔着哪里去呢？瑶台仙境，不过这般吧。我和那人看得呆过去。

黄师傅看着我们发笑，他说，在这山上，什么时候看都是好看的，有太阳时看云，没太阳时看雾。四五月的天，看花。九十月的天，看叶。到冬天了，看雪。他的声音，沾着云雾的味道，和着草木的气息，令我不由得多看了他两眼。他约摸五十来岁，个子不高，瘦。眼睛不大，却有神得很，亮亮的，似夜露。

那会儿，我和那人正停在半山腰。下山路走得我们腿脚发软，实在走不动了，后悔着没坐缆车下山，却意外遇见一蓬一蓬的黄山杜鹃，下山之辛苦便变得无足轻重了。我盯着石凳后边的一棵黄山杜鹃看，花朵儿累累缀着，一枝花梗上，总有八九朵不等，呈欲放未放的姿态，好颜色呼之欲出。恰似女子犹抱琵琶半遮面，有娇羞之美。

黄师傅担着担子，路过我们身边。我们起初并未留意他，继续赏我们的花。他突然停下，递过来一句，这杜鹃花，这个时候最好看了。我惊喜他这么说，遂扭头看向他，问道，为什么呢？

你看呀，红颜色还都裹着嘛，饱饱的嘛，全开开来，颜色就淡了。

他的话让我听着高兴。花半开为最美，是我一直偏爱着的。

我和他很热乎地聊起来。知他从事挑夫这行当，已有二十八年之久。

扁担初次挨到肩上，挑着才走了一小段路，肩上那火辣辣的滋味呀，就像用烙铁在烙呐。

后来习惯了，也就好了。现在，我肩上的皮揭下来，都能直接做盔甲了。呵呵。

他说得很轻松，我听得却不轻松。我问，我们单身人走着都吃力，你还要担着这么重的担子，每天爬上爬下，又苦又累，就没想过改行做其他的事么？

想啊，想过，黄师傅的眼光落到他的担子上，久久的，没有挪开。那目光，有点类似于农民抚向他的庄稼，牧人抚向他的羊。

中途他的确改过行。他走家串户去收过荒货。也做过一段日子的泥瓦匠。后来，他还开过一家门市店，卖些日常所用，生意不错。

但每当看到倚在墙角的扁担，他的心，便坐不住了，他听到大山在呼唤。

他就又进了山。每日里，在这大山里上上下下，他熟悉路边的每一块石头，每一棵树，每一种花。山里的小松鼠，和他也成了老熟人。他有时坐在石凳上吃干粮，有小松鼠就跳出来，嬉戏在他身旁。做挑夫虽苦，却自有它的妙趣，他割舍不了。

这大山多好啊，他这么感叹。复挑起他的担子，跟我们招呼一声，下山去了。他的身影，很快没进一团云雾里，和大山融为一体。

小鸟每天唱的歌都不一样

一

一只鸟在啄我的窗。有时清晨。有时黄昏。有时，竟在上午八九点或下午三四点。柔软的黄绒毛，柔软的小眼睛，还有淡黄的小嘴——一只小麻雀。

它一下一下啄着我的窗，啄得兴致勃勃。窗玻璃被它当做琴弦，它用嘴在上面弹乐曲，“笃”、“笃”、“笃”，它完全陶醉在它的音乐里。我在一扇窗玻璃后，看它。我陶醉在它的快乐里。我们互不干扰，世界安好。有一段时间，它没来，我很想念它。路上偶抬头，听到空中有鸟叫声划过，心便柔软地欢喜，忍不住这样想，是不是啄我窗子的那一只？

我的窗户很寂寞，在鸟儿远离的日子里。

二

街上有卖鸟的。绿身子，黄尾巴，眼睛像两粒小豌豆。彩笔画出来似的。鸟在笼子里，啁啾。我带朋友的小女儿走过，那小人儿看见鸟，眼睛都不转了，她欢叫一声："小鸟哦。"跳过去，蹲下小小的身子看鸟。鸟停止了啁啾，也看她。

它们就那样对望着，好奇地。我惊讶地发现，它们的眼神，何其相似：天真，纯净，一汪清潭。可以历数其中细沙几粒，水草几棵。

小女孩说："阿姨，小鸟在对我笑呢。"

有种语言在弥漫，在小女孩与小鸟之间。

我相信，那一定是灵魂的暗语。

三

我确信我家的屋顶上，住了一窝鸟。

深夜里，我写字倦了，喝一杯温热的白开水。四周俱静。我家屋顶上，突然传来嘈嘈切切的声音，伴着鸟的轻喃，仿佛呓语。我以为，那一定是一家子，鸟爸爸，鸟妈妈，还有鸟孩子。

我微笑着听，深夜的清凉，霎时有了温度。

我开始瞎想，它们是一窝什么样的鸟呢？是"泥融飞燕子"中的燕子么？还是"百啭千声随意移"中的画眉？或许是"两个黄鹂鸣翠柳，一行白鹭上青天"中的黄鹂和白鹭呢。简直活泼极了，翠绿，艳黄，纯白，碧蓝，怎一个惊艳了得？它们鸣唱着，欢叫着，发出天籁之声。

我没有爬上屋顶去看，它们到底是怎样的鸟。我不想知道。

它们一天一天，绵延着我的想象，日子里，便有了久久长长的味道。

四

故事是在无意中看到的。说某地有个退休老人，多少年如一日，用自己的退休金，买了鸟食，去一广场上喂鸟。

为了那些鸟，老人对自己的生活，近乎苛刻，衣服都是穿旧的，饭食都是吃最简单的，出门舍不得打车，都是步行。

鸟对老人也亲。只要老人一出现，一群鸟就飞下来，围着老人翩翩起舞，婉转鸣唱。成当地一奇观。

流年暗换，老人一日一日老去，一天，他倒在去送鸟食的路上。

当地政府为弘扬老人精神，给老人塑了一铜像，安放在广场上。铜像安放那天，奇迹出现了，一群一群的鸟，飞过来，绕着老人的铜像哀鸣，久久不肯离去。

我轻易不落的泪，掉下来。鸟知道谁对它们好，鸟是感恩的。

五

有一段时间，我在植物园内住。是参加省作家读书班学习的，选的地方就是好。

两个人一间房，木头的房。房在密林深深处。推开木质窗，窗外就是树，浓密着，如烟般的堆开去。

有树就有鸟。那鸟不是一只两只，而是一群一群。我们每天在鸟叫声中醒过来，在鸟叫声中洗脸，吃饭，读书，听课，在鸟叫声中散步，物欲两忘，直觉得自己做了神仙。

有女作家带了六岁的孩子来，那孩子每天大清早起床，就伏到窗台上，手握母亲的手机，对着窗外，神情专注。我问他："干吗呢，给小鸟打电话啊？"他轻轻冲我"嘘"了声，一脸神秘地笑了。转过头去，继续专注地握着手机。后来他告诉我，他在给小鸟录音呢。"阿姨，你听你听，小鸟每天唱的歌都不一样。"他举着手机让我听，一脸的兴奋。手机里小鸟的叫声，铺天盖地灌进我的耳里来。如仙乐纷飞。

小鸟每天唱的歌都不一样，这句话，我铭记了。

那个借我肩膀哭泣的女子

我是在旅游途中遇到她的。

从上海往吉首去，火车一路哐啷哐啷。旅游淡季，外出的游人少，我一个人独享了一个卧铺车厢。心里面有些暗喜，出行在外，能一个人独处着不被打扰，实在够奢侈。我放下行李，倚了床看书，整个火车安静得像一扁舟。看书看累了，我把头抵到窗口，看窗外的景。黄昏下的旷野上，植物们的头上都罩着奇异的光芒。路边偶有一树的繁花扑过来，又迅捷退走，让人的眼睛，跳出欢喜来——好的风景，原来在途中。

天光渐渐暗了，黑夜来临。远处人家的灯火，渐次亮起，夜幕下，像游动着的一串串渔火，有漂泊之感。火车“呜”一声长鸣，在一处站点缓缓停下。鼎沸的人声，瞬间灌进耳里来，如奔腾的海浪。卖烤鸡腿的在车窗外大声叫卖：“烤鸡腿五块钱一只！”难懂的地方方言，嘈嘈杂杂。一些人下车，一些人上车。人生的旅途本就是这样，各有各的起点和终点。

火车随后又启动了，嘈杂之声渐渐遁去，一切重又安顿下来，刚才缤纷的一幕，像是打了一个盹，做了一个梦。现在，梦醒了，耳朵里剩下的，只有火车哐啷哐啷的声音，单调，寂寥。我放下正在看的《小王子》，思虑着要不要躺下休息，突然听到门外有叩门声，很轻的，敲三下，停三下。再敲，再停，极有礼貌的。

我说不用敲了，请进来吧。我以为是列车员的例行检查。随着我的声音落下，门被轻轻拉开，一个年轻女子，站在过道微暗的灯光下，浑身仿佛沐在一汪奶油里。长发，长风衣，脖子上系一条暗紫的丝巾。年轻女子冲我淡淡一笑："你好，我也住这里，我怕惊吓了里面的人，所以敲门了。"

我回她一个笑，为她的体贴感动。对她的好感，几乎在一瞬间产生，我说："你是刚上车的吧？"她轻轻点点头，径自走到我对面的空床上，拉开被子，和衣躺下。

我无话找话地问："你也是出来旅游的吗？"

她模糊地应了声："哦……是啊。"

我兴致勃勃起来，我说我是去凤凰的，你呢？她半晌才答道，我随便。我有些尴尬，看她全无说话的兴趣，便顿住了话头，打开刚刚合起的《小王子》，继续看起来。

小王子说："如果你爱上了某个星球上的一朵花，那么，只要在夜晚仰望星空，就会觉得满天的繁星就像一朵朵盛开的花……"

小王子说："我会住在其中的一颗星星上面，在某一颗星星上微笑着，每当夜晚你仰望星空的时候，就像是看到所有的星星都在微笑一般！"

可爱的小王子！可爱的星星们！我掀开窗帘，看了一眼外面的天空，黑黑的天幕上，此刻也有千朵万朵花在开着吧？我微笑了。门外的过道上，间或有脚步声响起，在地毯上发出轻微的沙沙声，随后，复又归入宁静。

我的睡意渐渐涌上，关了灯睡下，突然听到对面她的手机铃声响起，是一段古筝曲。很美的曲子。我静静听了会儿，以为她会接听，却没有。古筝曲连绵不绝地响着，我想，大概她睡着了吧。遂好心地走过去，轻轻推推她，我说："哎，你的手机响了。"

出乎我意料的是，她并没有睡着，她说："谢谢你，我早就听见了。"她拿过枕边的手机，翻身坐起，并不接听，而是看着手机屏上一闪一闪的提示灯，发呆。古筝曲弹过一阵后，终于停息。房间里静下来，有好一会儿，她只呆呆坐着，眼神空洞。

我很唐突地问她："你怎么不接电话呢？"

她说："一个无关紧要的人，不接也罢。"

我笑了，扯开话题，问她："你好像也喜欢古筝？"

她听了，眼睛亮了亮，点点头，告诉我，她练了20年的古筝。

话匣子由此打开，我们漫无边际地聊开去，聊各自的爱好，竟发现有许多的相似。我喜欢紫色，她也是；我喜欢唐诗宋词，她也是；我喜欢昆曲和苏州评弹，她也是；我喜欢旅游，她也是。后来，我们聊到爱情和婚姻。我跟她讲了我的好友的故事：我的好友，与一个小提琴手相识10年，相恋10年，其间的曲曲折折不必说了，两个人好不容易厮守到一起，坚持到最后，却还是以分手告终。原因是，小提琴手出国定居了，去了维也纳。我的好友主动提出分手。

她听得很认真，她问："你的好友为什么不跟他走呢？"

我说："她是清醒的吧，她去维也纳能做什么呢？她不会小提琴，连简单的英语对话也不会，她也离不开渐渐年迈的父母。要过一辈子，光有爱情是不够的。”

她不再说话。许久之后，她忽然说：“睡吧，晚安。”

“晚安。”我也轻轻说了声。黑暗慢慢覆盖，四周渐渐陷入梦境。

半夜里，突然被她的惊叫声惊醒，她嘴里嚷着：“不要走！不要走！”身子在床上极痛苦地扭曲着，仿佛在跟谁搏斗。我开了灯，走过去轻轻拍拍她。她醒了，坐起来，茫然四顾，脸上泪水纵横。我说：“你做噩梦了。”她不答话，一头扑到我肩上，倚着我的肩，轻轻啜泣起来。

她的泪，在我的肩上洇开，贴着我的肌肤，烫烫的。我产生了一种很奇特的感觉：她就是我的同胞姐妹，多年前走失，在万丈红尘中，独自流落了许多年，今又重逢。我抱紧她，伸手轻轻拍她的背，一下，一下。任她在我的肩上痛哭。

她终于收了泪，抬起头，理了理乱了的发，不好意思地冲我笑了，她说：“打扰你了，我没事的，你去睡吧。”

我走回去，重又躺下，却再也睡不着。黑暗里，她突然轻声问：“你睡着了吗？”我说：“没呢。”她说：“我跟你说说我的故事吧。”她开始说下去，杂乱无序的。她并不在意这样的无序，想到哪儿说哪儿。我也不在意这样的无序，听到哪儿是哪儿。

她本是个幸福的孩子，父亲是搞音乐的，母亲是个医生，一家人和和美美。她 5 岁那年，父亲有了外遇，弃母亲和她于不顾。母亲被迫离婚，她跟了母亲。母亲后来不惜代价，送她去学古筝，只因父亲爱上的女人，弹得一手好古筝。等她长大到能在父亲面前优雅自如地弹古筝的时候，母亲却被癌症夺去了性命。临走前，母亲对她说：“千万不要跟人斗气，跟人斗气，就是跟自己过不去。你要学会好好爱自己。”她知道，母亲一辈子活得不快乐。

后来，她遇到一人。那人怜惜她的眼神，如温暖的煦阳，把她整个罩住，她无法抑制地爱上了。一个人，辛苦地奔波在爱的路上，不惜为他放弃了古筝，洗手做羹汤。可是，又能怎样？他是有家庭的，偶尔一起逛个街，都像做贼似的，见不得光。她那么渴望有一个家，一个完整的家，那么渴望正大光明地和他在一起。然而，他给不了她。他们有了争吵，一次又一次。这期间，她为他做过两次人流。最终，他还是选择了逃离。

她的故事说完，许久我们都没再动弹。远处有狗的叫声传来，在夜的沁凉里，显得空旷又迷离，火车应该路过一个村庄了。她说："谢谢你听我说了这么多话，我现在，轻松多了。"我轻轻笑了笑，我说："那好吧，你好好睡一觉，天亮了就快到凤凰了。你可以到凤凰游游沱江，住住吊脚楼，再去苗寨走走，你会发现，这个世上，还有许多值得我们热爱和留恋的好地方。"她沉默着，许久之后，才喃喃应一声："好。"

第二天我醒来，她的床铺上已无人。台桌上留有她写的便笺，旁边叠放着她那条暗紫色的丝巾。便笺中她写道："好姐姐，谢谢你借了肩膀给我哭泣。你说得对，要过一辈子，光有爱情是不够的。我很好了，我现在要回去一趟，以后我会去你说过的那些地方。没有别的东西好送你，就把这条丝巾留给你，它也挺适合你的。"

从凤凰归来，我的脖子上便常系着她送的那条丝巾，暗紫的，上面撒着细碎的小紫花。看见的人都说好看，我也以为好看。每天出门前，我在镜子前系上它，我对着镜子里的人笑笑，对着脖子上的丝巾笑笑，心情愉悦。我很自然地，会想一想送它给我的那个陌生女子。但愿她现在一切都好。

第三辑

一折青山一扇屏

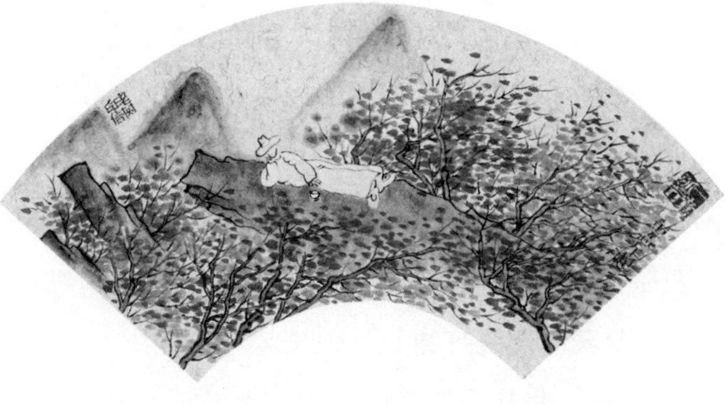

青山也好，这尘世里的一草一木、一人一花也好，有多少都守在自己的一隅，你看见，或者没有看见，它们就在那里，寂然欢喜，温暖美好。

一折青山一扇屏

遇见那个守林人，是在一个秋日午后。我没想到，旷野之中竟有人家。那时候，他正弯腰在两间简陋的棚屋前，埋头刨一截木头。他身后的棚屋顶上，爬满开得好好的扁豆花，一簇一簇的小紫花，像一个一个的小美人，在秋阳下欢颜。棚屋前的晾衣绳上，晾晒着红红蓝蓝的衣裳。一条黑狗，伏在屋旁，眯着眼在打盹。听见人来，它抬起头，惊诧地打量一番，没叫，复又眯起眼打盹。

我是去寻竹的。竹这种植物，我从小亲近。小时，茅草屋的后面，就是一片竹林。每天放学归家，隔老远就望见那一堆墨绿，心里会跳出欢腾来，哦，到家了。有家可回，是大幸福。几十年过去了，这种幸福感还在。

城里无竹。听人说海边的林场有，于是，我和那人驱车百余里，去林场。海边，天高地阔，各种植物相安无事地生长，白杨树、杉树、银杏、刺槐……成片、成林、成海。有牛在林中的草地上，或卧着，或站着，一脸的幸福安详样。星星点点的小野花们，遍布草间。居然发现一大块野葵地，无人欣赏，野葵们就那样开得兴兴的，朵朵金黄。看着眼前景，古人云：天地有大美，大美无言。诚然如斯！

守林人见到我们，并不惊讶，他继续埋头刨他的木头，木头花落了一地。风吹过，不远处的竹林，发出沙沙沙的鸣唱。

我们守在一边看半天，到底敌不住好奇，问，你刨这个做什么用呢？

他答，想做个灯笼。

灯笼？我望着他手中那一截木头，怎么也不能与灯笼联系起来。

留着挂了玩的，装饰装饰，守林人见我们一脸狐疑，他伸直身子，笑了。伸手一指他的棚屋窗口，呶，就挂在那儿。

我家女人说，一定好看，他补充道。

他穷，父母双亡，一直在海边护林，远离闹市，没有姑娘愿意嫁他。这样一晃就晃到三四十岁。两年前，有人牵线，他认识了现在的女人。女人从贵州来，带了一个五六岁的小女孩。在婚姻中受了伤，不愿再回伤心地了，想在这里寻到一个好人家，安安稳稳过日子。

见面之前，他的情况，女人都听人说了，女人不介意。女人只问他一句，你会对我和孩子好吗？

他木讷，不会说话，结巴半天才憋出一句，我有一碗粥吃，我肯定分你们大半碗。这是贫穷人的爱，更多的落在实处，供你温饱，让你安命。女人愣愣看他半天，哭了。

他们开始在两间棚屋里，生长平凡人的幸福。孩子很快跟他熟络，一口一个爸爸地唤他，亲热得不得了。女人的脸上，渐渐漾满笑容，屋前屋后的拾掇，种花种菜。这屋顶上的扁豆，就是她长的，守林人嘿嘿笑了。复低头，在刨好的木头上雕刻。这个秋天，孩子被送到几十里外的集镇上去读小学，女人跟着去照应。每个周末，他早早在家备好菜，开了摩托车去接她们，一家人回到这海边来。

四野安静，守林人雕刻木头的声音，如鸟在啄食，细细碎碎。阳光照着这一寸温暖的土地，扁豆花们兀自开得妖娆，这多像森林里的童话。我突然无端想起清朝刘嗣绾的诗句：一折青山一扇屏。在诗人，是有感而发，眼前青山翠微，秀美如屏，让他迷醉。我想的是，青山也好，这尘世里的一草一木一人一花也好，有多少都守在自己的一隅，你看见，或者没有看见，它们就在那里，寂然欢喜，温暖美好。

偶遇

小城有家卖饰品的小店，店名叫得极有意思，叫“偶遇”。小店开在一条古旧的街道上。店里卖的都是小饰品：精美的钥匙扣，拙朴的香水瓶，会唱歌的玻璃小人，五颜六色的发圈……每一样，都是精致小巧的。一间再普通不过的小屋，被装点得像童话。让人颇感意外的是，店主是个六十开外的老妇人，穿大红的衫，戴贝壳串成的手链，笑容灿烂，举手投足间，自有一段风情。年轻时，她迷恋小饰物，一直没有机会开这样的店，退休了，她重拾旧梦，天天守着一堆“宝贝”，把日子过得如花似玉。

那条街道我不常去，自然不知道这间“偶遇”。那天突然撞见，欢喜莫名。这样的相遇，不特意，不约定，带来的惊喜，像晶莹的雪粒，落在心上。一颗一颗，都是透亮的湿润和清凉。后来的一些天，我脑子里不时会蹦出那家小店来，一屋的小饰品，丁丁当当，丁丁当当。与老妇人的风情，竟十分的般配。我不由自主地微笑，岁月里，我们总会渐渐老去，梦想却不会。

也是这样的偶遇，在武汉。当地文友拉我去逛光谷步行街，她说那里的灯光，美得让人惊心。天桥之上，我被一朵一朵怒放的玫瑰花牵住了脚步。确切地说，那不是花，那是一堆橡皮泥。可它分明又是花，在灯光的映衬下，瓣瓣舒展，鲜艳欲滴。

捏橡皮泥的，是个矮个子男人，眼睛细小，皮肤黝黑，满脸沧桑。沧桑中，却有种淡定的平和。他在眨眼之间，把一小坨橡皮泥，捏成一朵盛开的玫瑰。我蹲下去，看他捏。他十指扭曲，严重残疾，却灵活。手像被施了魔法似的，在橡皮泥上轻轻一按，一瓣花开了。再轻轻一按，一朵花开了。

我挑起一枝，紫色，典雅大方。想买。他说，这个不卖，人家预定好了的，你要买，我再给你捏。我惊讶了，我说，你可以重捏一个给预定的人啊。他却坚持不卖，说他答应过给人家留着的，就一定得留着。一会儿之后，他给我捏出另一朵来，洒上荧光粉。他关照，你回去对着灯光照上十来分钟，它会发光的。

从武汉回来，我别的东西没带，只带了那枝花回来。看见它，我总要想一想花后的那个人，生活对他或许有诸多不公，他却能够做到心境澄清，不急不躁，让花常开不败。

还是这样的偶遇，在云南。夜晚的广场上，一群人围着篝火在跳舞。不断有人加入进去，天南地北，并不熟识。不关紧的，笑容是一样的，快乐是一样的，心灵因一团篝火，在瞬间洞开。我站在圈外看，有人跟我招手，来呀，一起来跳啊。我笑着摇摇头。手突然被一陌生女子牵了，她不由分说把我牵进欢乐的人群中。灯光暗影里，她脸上的笑容明明灭灭，如星星闪烁。她说，跳吧，一起跳吧，很好玩的呀。她很快踩上音乐的节奏，身体像条灵活的鱼，看得我眼热，跟着她后面跳起来。那是我平生第一次跳舞，完全的不着章法，欢乐却像燃着的篝火，把人整个地点燃。曲终，转身寻她，不见。满场的欢声笑语，经久不散。

人生还有多少这样的偶遇？在时间无垠的荒野里，我们都是跋涉的旅人，却因这偶然的相遇和眷顾，布下温暖的种子。日后，于某一时刻，不经意地想起，那些温暖的种子，早已在记忆深处，生根发芽，抽枝长叶，人生因此变得丰盈。

她不是一棵树

我是在丽江古城看到那个女人的，靛蓝的大褂，靛青的裤，腰系百褶围腰，典型的纳西族装扮。女人很老了，皮肤松弛，多皱褶。她盘腿坐在一方檐下，守着一堆绣花鞋垫，对着熙来攘往的人，风吹不动。像丽江河畔的一方石，抑或檐上的一块砖，身边的一个热闹世界，都与她无关的。她的身上，充满无法言说的古朴和沧桑。

我承认，这样的沧桑，深深打动了我。我身边的游人，亦有停下来看她的，他们在她的鞋垫面前弯下腰去，看看，并不买。抬首就是一爿店，更精美的东西，里面多的是。

我举起手里的相机。飞起的檐，赭色的木门，檐下的红灯笼，还有这个老妇人，这实在是个很不错的画面。我甚至想过，如果拍摄效果好，我要把它放进我的游记里当插图。就在这时，突然从人群里冲出一个小孩儿来，小孩儿七八岁，黑且瘦。他斜背着一个网兜兜，里面横七竖八躺着一些空饮料瓶。小孩儿几步就冲到檐下的老妇人跟前，伸出胳膊挡在前面，眼睛亮亮地对着我，口齿伶俐地说，不许拍!

我吃了一惊，没明白过来。我说怎么了？手里依然举着相机。

小孩儿一看，急了，直视着我，再次强调，不许拍！她不是一棵树！

我愣住了。这是我万万没想到的。是啊，她不是一棵树呢，我怎么可以随便拍？我放下举起相机的手，对小孩儿抱歉地笑了笑。小孩儿松了一口气，却仍盯着我，仿佛怕我偷拍。

我看他实在可爱，开玩笑地问他，那么，我可以拍你吗？

他眼睛滴溜溜地转了转，回答得倒爽快，可以。不过，他伸手一指老妇人脚边的五颜六色，坏坏地笑，你得先买一双老奶奶的鞋垫。

我问，为什么呢？

他答，因为你刚才侵犯了她，算是向她道歉。

我笑，照他说的做了。他很高兴，挺配合地让我给他拍了一张照片。我故意问他，你也不是一棵树呀，为什么让我拍？

因为你问过我可不可以呀，小家伙响亮地答。而后跑进人群里，像条小泥鳅似的，转瞬不见了踪影。

我愣在那里，为一颗小小的心里，住着的尊严。

这以后，我又去过很多地方，但不管到了哪里，我都不会再轻易把别人捉进我的镜头。因为，她不是一棵树，我没有权利侵犯她。

不要碰疼她

跟一家电视台，去做一档节目，是一家单位资助一小女孩的事。

那家单位是在一次下乡途中，偶然听说小女孩的故事的。小女孩3岁那年，在江上跑运输的父母，不幸双双遇难，尸首都不曾找到。从此，她跟着年迈的爷爷一起过。故事很悲惨，那家单位萌发了资助小女孩生活的念头。于是发动员工捐了款，送她上学，还不时把她接到单位，让单位员工轮流带回家住。

这事，渐渐被传播开来，散发出温暖动人的色彩。关注的人，越来越多，小女孩成了媒体的焦点。

她显然很不适应这样的阵势，面对着摄像镜头，她低了头，一句话也不肯说。她年迈的爷爷，不住地推搡着她："丫头，叫人呀，叫叔叔，叫阿姨，感谢叔叔阿姨对你的关心。"她仍是一声不吭，只偶尔，抬眼扫一下面前的人，那眼神里，有惊慌，有茫然。

按节目安排，有一场景，应是小女孩面对父母的遗像，做出悲伤的表情。小女孩父母的遗像被取出来，玻璃镜框里，两张年轻的脸，跟绽放着的百合花似的，让人动容。

小女孩却不配合，她看着父母的遗像，没有一点悲伤的意思。甚至，带了漠然。有人轻声地诱导她：“琴琴，你想一想啊，别的小朋友都有爸爸妈妈，而你没有，你不难过吗？你不想他们吗？”

小女孩还是很漠然。

“这孩子，是不是智商有问题？”有人私下里嘀咕。节目一直拍不到理想的效果，任你怎么启发，小姑娘的眼睛里，就是没有悲伤。

大家把目光转向我，因为我跟孩子最容易亲近，他们想让我再去启发启发她。当时正是阳春三月，春在溪头荠菜花。我跟小女孩提出，一起去地里挑荠菜。小女孩高兴地答应了。

提着篮子，我们走向田野。小女孩像换了个人似的，在我前面快乐地蹦跳着，不时指着路边的草告诉我，这叫什么草，那叫什么花。那片天地，是她和它们的。我饶有兴趣地跟着她奔跑。

很快，我跟小女孩混熟了，我没忘记我的“使命”，把话题牵到大家关心的事上来，我问她：“你想爸爸妈妈吗？”

“为什么老要我想爸爸妈妈呢？”茫然的神情，又爬上小女孩的脸。

“不想。”她很干脆地答。

她这一问一答，让我愣住了。是啊，我们为什么偏要让她想她的爸爸妈妈呢？她对他们，已完全没有了记忆，她有她新的生活，这应该是件幸事。我们想唤起的，到底是什么呢？不过是用他人的悲伤，来满足我们虚假的同情罢了。

四野里，一片祥和，花们安静地开着，草们安静地绿着。我想，小女孩也是这样的一株植物吧，风或许会吹折她的叶，雨或许会打折她的茎，但生命的顽强，会让她的伤口自动愈合。当春风又吹起的时候，她自会绿起来，她只记得当下的快乐，有什么不好？

我们的篮子，装满了荠菜。回去的路上，小女孩告诉我："秋天的时候，我们这里还有枸杞摘的，红红的果子，可好看啦。"

我望着小女孩，心里涨满感动。那档节目终因我的坚持，被取消了。我只希望着，小女孩能安静地生活在她的世界里，大家不要再去碰疼她。

跟着一只蝴蝶走

在西双版纳，我邂逅到一个蝴蝶园。

园子里植满扶桑、马利筋、如意草和玫瑰，成千上万只蝴蝶，在花叶间嬉戏流连。阳光迷离，花斑斓，蝴蝶也斑斓，让人一时间分不清哪是花，哪是蝴蝶，满眼都是绚丽。

也许，蝴蝶和花朵本就是同宗同族，蝴蝶是活泼的会飞的花朵，花朵是安详的恬静的蝴蝶。

我跟着一只蝴蝶走，那是只带着白色斑点的凤蝶。它披着一件镂空的黑色斗篷，一会儿飞到一朵扶桑上，一会儿又飞到一朵玫瑰上，它在那些花朵间只做短暂逗留，又迅速飞起。似乎它的使命，就是飞翔。它看上去，很像古欧洲战场上的一名骑士，佩剑上马，呼啸于风中，生命的旗帜，猎猎飞扬。

我跟着一只蝴蝶走，那是只福翠凤蝶。它的身上，印着些漂亮的绿色斑点，斑点大小不一，活泼可爱。它飞起，落下，落在一簇马利筋上，就不肯挪窝了。那簇马利筋上，已栖息着三四只蝴蝶。它跟它们，很快扎成堆。想来，它是个热情率真的好姑娘，爱热闹，不喜冷清，喜欢结交朋友，落落大方，愿意把快乐与旁人分享。

我跟着一只蝴蝶走，那是只金斑蝶。它贵气十足，黄袍加身，袍边上，还绣着精致的花边，一动一静里，都是光芒。它不紧不慢飞着，这里看看，那里瞅瞅，似乎是在巡视它的王国。最后，它在一朵如意草的花蕾旁停下来，双翅轻敛，用唇轻轻碰碰那朵花蕾，如长者，对幼童，满满的，都是慈爱。人称它，君主斑蝶。果真很形象，它有王者之风。

我跟着一只蝴蝶走，那是只玉斑凤蝶。它有着黑色的肌肤，上面均匀分布着一些银灰色的纹路，像镶着玉带一条条。它在半空中飞着，舞姿优雅，俊美得像一个小王子。很快，它遇见了另一只玉斑凤蝶，那只凤蝶，除了有着黑色的肌肤和银灰色的玉带外，身上还点缀着几朵红斑点，它该是个可爱的公主。王子与公主一见钟情，它们的相知相爱，几乎在一瞬间完成。花丛中，留下它们相偎的倩影一对。

一只枯叶蝶，真的很像一枚枯去的树叶。它是不是曾遭遇过什么伤害，才把自己的色彩掩藏？然因美好的召唤，它还是选择飞翔。它碰碰这朵花，摸摸那片叶子，最后，小心翼翼地降落在一片如意草的叶子上。它整个的身子，慢慢倾伏过去，浅尝着这片叶子上浸染的花香。它懂，美好的事物要小心轻放。

我的眼前，又飞过蓝闪蝶，飞过金斑蝶，飞过大紫霞蝶，飞过小灰蝶，飞过丽蛱蝶……蝴蝶的种类，远比人类的种族要多得多，全世界大约有 14000 多种。我暗暗想，这些蝴蝶若相遇，它们有没有国籍概念有没有语言障碍？一朵玫瑰花上，两只金斑蝶和一只灰蝶、一只凤蝶相遇了，它们很快热烈交谈起来。它们爱着同样的花朵，守着同样的秘密，有着同样的飞翔的姿势。对生活的热爱，应该是它们共同的语言和灵魂的密码，只消一个眼神，便能成为相知，又哪里会有疏离和隔膜？

园子的管理员说，这些蝴蝶的寿命都很短，有的寿命只有短短七天。我吃一惊，再看飞舞着的蝴蝶，心里就多了说不清的感喟和敬畏。

美丽的南国树

在广东，见得最多的树，是榕树。

那年夏天，初次踏上广东的土地，最先撞入眼帘的就是榕树。当时我尚不认识它，只觉得它跟我们北方的树不一样，它太丰腴了！树冠张开，是那么参天蔽日的一蓬蓬，绿色的蘑菇云似的，极具气概。更奇的是，从密集的绿的叶间，竟垂下千百条褐色的根须，像伸长的手臂，随了风轻摆。正暗自惊异着，陪同我的广东朋友在一旁笑了，遥指那树，说，这就是榕树呀。语气里颇是骄傲，就像展示自家的祖传宝贝似的。

接下来的日子里，我就天天跟榕树相见。近距离里，远距离里，一抬眼，就是它。街旁，江畔，路侧，山上……到处都是，仿佛没有榕树就没有广东了。我从最初惊喜地跑过去抚摸、仰视、啧了嘴惊叹，到后来，也看之坦然了。那是广东最为本色的东西，是嵌入广东那块土地脉搏里的，原是用不着惊奇的。

但，还是惊讶了。

那日，广东朋友神神秘秘告诉我，要带我去一个好地方，专门看榕树。他驱车几百里，把我带到一个叫石头村河坝寨的地方。天，那哪里是树，分明是一座绿色的山丘啊！只一棵，就浓荫蔽日，壮美得惊心动魄。巨大的主干，中有一洞，洞口像巨象。又生出九根枝干，最粗的枝干要四五个人合抱才行。最小的枝干，我和朋友两人合抱，也没抱得过来。仰头，头顶上是千万条的根须呀，马鬃一样的。用不了多久，它们又将扎入大地，生出新的枝干来。

当地人打着手势跟我们说话，笑眯眯的。我听不懂广东话，但从他们的神情上，可以看出飞扬来，是自豪了。朋友告诉我，他们说，这是他们的榕树王呢。无语，我默默看着那棵榕树，只觉得它浑身上下都住着神灵。心里涌动的，只有敬畏。

离开河坝寨时，我回头望去，整个寨子，掩映在一片绿色苍穹里，映着蓝天白云。让人心中，陡然而起一种世世代代的感觉。

后来到珠海去，在唐绍仪故居里，我又着着实实为榕树惊叹了一回。那是一棵硕大无朋的榕树，远看去，像一片小森林似的。当地的朋友考我，问我能不能看出那棵榕树的奇特之处。我绕树转了几圈，除了惊叹它的粗壮外，没看出什么异常。朋友就笑了，笑得很得意，他指着树干让我看，说，你看你看，事实上树干没这么粗呀，这里面是一座塔呀。我凑近了仔细看，果然的，有砖块隐约在里面。外围被盘根错节的根须缠绕着，缠了个结结实实。据说，原先那儿有一座小塔的，不知哪天，一只鸟儿衔来一粒榕树的种子，掉落在塔的石缝中。那粒种子便顽强地生长起来，慢慢成树，垂下的根须，沿着塔身扎入，最后，竟整个地把塔给抱在里面了。生命的奇迹，无处不在！

在珠海又一旅游景点，我看到一棵大榕树上系满红飘带，像盛装的新娘。朋友说，那是许愿树。我定定站着看，想人世的愿望，多若繁星，有多少靠祈祷就能实现的？还是向一棵树学习吧，凭借自己的努力，扎下根来，才有可能迎来人生的丰美。

回江苏前，我特地跑去跟榕树合了一张影。我希望自己的生命，也能像榕树一样，壮美、坚忍不拔。

近日翻书，在旧时的一篇文章里看到这样一句话："我看见一棵榕树，它美丽得好像开花的土地。"非常地喜欢。

会说话的藏刀

导游洛桑，是个迷人的康巴汉子，浓眉大眼，身材魁梧，说一口流利的普通话。他是我们游香格里拉的地陪。一上车，他就给我们来了一个九十度的大鞠躬，浑身是笑："欢迎大家来我们香格里拉做客！你看，天多蓝，云多白！我爱我的家乡！扎西德勒！"

我们很快喜欢上这个年轻率真的康巴汉子。一路上，他一直滔滔不绝着，说当地的风土人情，讲茶马古道的故事，学藏獒叫，唱藏族小曲。他喉咙甫一展开，我们立即吓了一大跳，那声音简直是金属的，金光灿烂，亮闪闪一片。我们说，若是他去做歌星，保管走红，原生态嘛，现在都热衷这个。洛桑听了，很认真地回答："不，我爱我的家乡，我就愿待在这儿，哪也不去。"

我们听不懂他唱的藏语，他就用汉语字正腔圆一句一句翻译，当翻译到一句"草原上的好姑娘卓玛"时，我们中有人笑："洛桑呀，你有没有你的好姑娘？"

洛桑哈哈乐了，眼睛瞪大，一本正经答："有啊，我的好姑娘，是世上最漂亮的姑娘。"他告诉我们，他的好姑娘，也是个导游。他们带不同的旅游团，在同一片天空下转着，却难得相见。洛桑说这些时，嘴边一直飞着笑，表情温暖柔和，让人感动。我们于是都在想象他的卓玛，梳很多小辫子垂挂着，穿镶花边系绣花腰带的藏袍，有漆黑得如深潭的眸子。问洛桑："是这样吗？"洛桑频频点头："是的是的。"

停车吃饭，一眨眼不见了洛桑。出门，却发现他正蹲在人家水池边，就着一块磨刀石，专注地磨着他佩的藏刀。问他："带藏刀干吗呢？"他解释："这是藏人服饰中的一块，藏人着装，是要佩了藏刀，才算着好装了。这是流传下来的习俗，藏人最初是用它来防身和切肉吃的。"我们要他示范一下他的刀快不快。洛桑就找了一根铁钉，削了下去。铁钉当即被削断。

即便是这样的锋利，洛桑一有空闲，还是取下他的藏刀磨。这让我们大大不解。洛桑轻轻插刀进鞘，说："我这刀是有灵气的，我把我手上的温度，磨进刀里去，它就会说话。"我们知道他是开玩笑，都跟着一乐。

车过一峡谷，洛桑看着窗外，突然变得很兴奋，洛桑问我们："可以停一下车吗？就五分钟。"我们都伸头往窗外看去，就看到与我们相向的一辆旅游车，停在路边，一些游客散落在路旁，正对着峡谷拍照。大家好像明白了什么，都一齐说："我们也下去拍照吧。"洛桑一弯腰，冲我们感激地说："谢谢大家了，扎西德勒！"

洛桑是第一个跳下车的，他刚跳下车，我们就见到一个藏族姑娘，从那边车旁奔过来，黑黑的脸庞，胖乎乎的身材，穿着红底子碎花的藏袍，没系绣花腰带。这应该是洛桑的卓玛了，很一般的样子。我们一行人，都有些失望。

接下来看到的，却让我们感动无言。洛桑和姑娘面对面站着，对着傻笑。后来，她取下她的藏刀，他取下他的藏刀，他们互相交换了藏刀，伸手按按对方的刀鞘，仿佛在看，那刀是不是在对方的刀鞘里安妥了。她理理他的衣领，他拍拍她的肩，然后回头，招呼各自的游客上车。

车上，洛桑说："那是我的姑娘。"我们点头："知道。"洛桑就笑了，问："我的姑娘漂亮吧？"我们说："是，漂亮极了。"洛桑听了，非常高兴。他告诉我们，两人长期在外带团，见面少，他们就想了这个法子，每次遇到，就交换一下藏刀，因为对方的温度，会留在刀上。

想来，她在一有空时，也一定取出藏刀，不停地磨啊磨。她把她的情和暖，也磨进刀里面。

尘世里的初相见

陌生的村庄，在屋门口坐着摘花生的老妇人，脚跟边蜷着一只小黑猫，屋顶上趴着开好的丝瓜花……这是一次旅途之中，无意中掠入我眼中的画面，没有什么特别的，但就是常常被我想起。那个村庄，那个老妇人，那猫那花，它们在我心里，投下异样的温暖。我确信，它们与我心底的某根脉络相通。

机场门口，一对年轻男女依依惜别，男人送女人登机。就要登机了，女人走向检票口，复又折回头，跑向男人，只是为了帮他理理乱了的衣领。这样的场景，我总在一些浅淡的午后想起，一个词，很湿润地跳出来，这个词，叫爱情。

送别的车站，一个母亲，反复叮嘱她人高马大的儿子："到了那儿，记得打个电话回家。天好的时候，记得晒被子。"儿子被她叮嘱得烦了，一边往车上跨，一边说："知道了知道了。"做母亲的仍不放心，伏到车窗外，继续叮嘱："到了那儿，记得打个电话回家啊。"母爱拳拳，怀揣着这样的母爱上路，人生还有什么坎不能逾越？

凤凰沱江边，夏初的黄昏，空气中，飘荡着丝丝甜润的水的气息。放学归来的孩子，书包挂在岸边的树上，脱下的衣服，胡乱扔在青石板上。一个一个，跳下水，扑通扑通，搅了一河两岸的宁静。我遥问："冷吗？"他们答："不冷。"一个猛子下去，不一会儿，隔老远的水面上，冒出一个小脑袋来。岸边的游客，一个个笑看着他们。这旅途中偶然撞见的一景，谁能轻易遗忘？时光不管走多远，童年的影子，一直在，一直在的。它碰软了我们的心。

苗寨里，一场雨刚落过，弯弯曲曲一路延伸上去的青石板上，苔痕毕现，湿漉漉的打滑。瘦瘦的大黄狗，蹲在自家家门口。破损的院门，灰灰的屋顶，却从里面走出一个水灵灵的小女孩来。小女孩赤着脚，从青石板上一路奔下去，辫梢上两朵粉红的蝴蝶结，艳红了简陋的寨子。我唤她一声，小宝贝。她停下脚步，转身讶异地看着我，笑一笑，复又奔下去。我很惊奇地望着她的背影，这么滑的路，她怎么不会摔倒？那次旅途中的其他，我回来后大抵都遗忘了，唯独这个小女孩，不经意地就会出现在我的脑海中，日子里，氤氲着别样的感动。无论生活有多灰暗，总有明亮的东西在，人生不绝望。

这是尘世里的初相见，总会在我们的记忆里反复再现，没有理由地。使我们静静感念一些时光，静静地，不着一言。像老屋子里，落满尘的花瓶中，一枝芦苇沉默。阳光淡淡扫过，空气中，有微尘曼舞。这是宁静的好罢？这样的宁静，让人内心澄明。怀特说，生活的主题是，面对复杂，保持欢喜。红尘阡陌中，我们欠缺的，或许正是这样一颗欢喜的心。

草地上的月亮

夏天正热烈的时候，我去寻找荷花，意外撞见一块美丽的草地。草地傍河，旁有小土丘做假山。假山上丝竹环绕，绿草如茵，花开数朵，虫鸣其间，自得其乐。

我便常常在那里流连。有月的夜晚，在家里坐不住，我关上门，和那人一起，走上二三里的路，奔了那里去。盘腿坐在草地上，听风吹，听虫叫，听花开，听草与草的喁喁私语。夜的声音，丰富得令人惊奇。

月亮掉在河里。河水清幽幽的，河里的月亮，便显得格外俏皮。像喜欢探险的孩子，偏要往了那幽深的地方去，一步一探，一步一惊叫。这是月亮的乐。月亮为什么不乐呢?

一艘驳壳船停泊在不远处的水上。月色把它的坚硬，泡成柔软。它看上去，很像一蓬青绿的小岛，浮在水面上。我认识那船，外地人的，男人女人，还带着两个五六岁大的孩子。是两个男孩，看上去像双胞胎，一样黝黑的皮肤，一样圆溜溜的眼睛，壮壮实实的。他们在岸上捉蚱蜢，追蜻蜓，玩得不亦乐乎。有大船运来货物的时候，男人女人就忙开了，他们的驳壳船，承载着卸载货物的重任。那是晴白的天。

一些时候，河岸静着，男人女人闲着。船上的桅杆上，扯出一根绳索来，女人在晾衣裳。家常的衣裳，一件一件，大大小小，红红蓝蓝，有岁月静好的意思。男人呢？男人竟在船头钓起了鱼，天热，他打着赤膊，相当的悠闲自得。有天黄昏，我走过那里，竟意外发现他在船头拉二胡。女人进进出出，并不专心听。两个孩子在打闹着玩，也不专心听。男人不在意，他拉了自己听，拉得专注极了，呜呜哑哑，呜呜哑哑。那是他的乐。

我想起另一些场景。那个时候还小，邻家有老伯，相貌奇怪，嘴角歪着，脸上遍布疤痕。手脚亦是不灵便的，走路抑或递物，都哆哆嗦嗦着。听大人们说，他年轻时，遇一场大火，家人悉数被烧死，他死里逃生。村人同情他，给他重新搭了两间茅屋住，分配了两头牛，让他养着。日日见他，都是与牛同进同出的。

却喜欢歌唱。有人无人时，他高起兴来，都会扯开嗓子吼几句。唱的什么歌无人说得清，反正就那样唱着，头微微仰向天空，嘴巴大张着，一声接一声，乐着他自己的乐。每逢他唱歌，村里人都会笑着说，听，谢老大又在学牛哞哞叫了。谢老大是村人对他的称呼。可能他是谢家最大的孩子，——这是我的猜测了。我一直不知道他的名字。

他并不介意村人的取笑，照旧唱他的，头微微仰向天空，嘴巴半张着。他身旁的牛，温顺地低着头，吃着草。

也见他在夕阳下喝酒。做下酒菜的，有时是一碟萝卜，有时是一碟咸菜。他眯着眼睛，轻呷一口，并不急着把酒咽下去，而是含在嘴里，久久咂摸着，脸上浮现出满足的笑容。我远远站着看，以为那酒，定是世上最好的美味。某天趁他不注意，偷喝，麻辣出两眶泪。经年之后，我始才明白，他品尝的，原是心境。

月亮升得越来越高，升到草地的上空。夜露悄悄落，落在草叶上。这个时候的月亮，变得更调皮了，它钻进草叶上的每滴露珠里。于是，每滴露珠里，都晃着一个快乐的月亮。我坐在这些大大小小的月亮中间，跟虫子比赛吟唱，心境澄清，我也像一枚，快乐的月亮了。

快乐，是上帝赋予每个生命的。公平，无一遗漏，如阳光普照。无论贵贱，无论贫富。

那些花朵儿

那是一个公益活动。市政府倡导的，由残联牵头，对全市 0～8 岁的残疾儿童，进行抢救性康复治疗。一幢大楼里，便聚集了上百名这样的儿童，脑瘫的、肢残的、智力障碍的……看得人揪心。世界是美好的，而这些孩子，离美好，却是那么远那么远。

一

李浩，七岁。看上去不过十个月大小。他被年轻的母亲抱在怀里，等候在专家就诊的门外走廊上。我伸手摸摸他的头，他没有反应，仰躺着，眼睛一动不动对着一处看。年轻的母亲苦笑着告诉我，七年了，他不会吃，不会说话，不会坐，不会站。

我看一眼窗外，窗外的太阳，明晃晃的，一个世界，钻石一样的亮。

生他的时候，被挤压时间太长，出来就成这个样了。若早知，我就剖腹产，哪怕挨千刀万刀，我也愿意的，他的母亲悔。

现在，我不求其他，只求哪一天，他能开口叫我一声妈。有时睡着了，梦见他跑着跳着扑向我，我会笑醒了……

他的母亲轻轻说。有泪，从她的脸上，静静掉下来。

将来呢，将来是什么？不是山花遍野红艳艳，而是望不尽的天涯路。风来，她怕他着凉，伸手抻抻他的小衣裳。一件浅蓝格子的粉色衬衫，衣袖上有蕾丝花边，看得出，是她精心挑选的。如果他能跑能跳，定会被她打扮得像个小王子一样罢？

我会一辈子养着他，她说。脸上有坚毅，也有无奈。不管他如何，他都是她的心头肉，都是她最舍不下的牵挂。

二

一个孩子在人群里蹿着，活泼得很。他撞到我，像匹小马驹。他仰起小脑袋看看我，歪歪头，笑了，露出一口白玉一样的牙。我脱口说，这孩子好可爱。跟在他旁边的，是他的爷爷，黑瘦的一个老人。老人苦涩地笑，说，他呀，比猴子还机灵呢，可惜是个残废。

哪里残？我只顾看那孩子一团灿烂的笑，根本没看出他哪里不对劲。做爷爷的捉住孩子，捋起孩子衣袖给我看，我吃惊地看到，孩子的两只手腕处，只长了两个肉球球。他是没有手的。

怎么会这样？我惊讶地问。

出娘胎就是，做爷爷的答。他娘丢下他，走了，做爷爷的神情凄清。

明知道现代医学再先进，也不会替他长出两只手来。但做爷爷的还是带了他，四处奔波着求医，心头燃着不灭的希望，虽渺茫，但因有希望在，活着也就有了奔头。孩子不明白这世上的痛，他依然在人群里蹿着，快乐着他的快乐。我只好这样安慰，你看你看，他比起那些脑瘫儿来说，真是幸运多了。我这一说，老人笑起来，笑得酸酸涩涩的。

三

八岁的莹莹，留给人的印象最为深刻。看到她的人，看了第一眼，总忍不住再补上第二眼。因为那孩子长得实在太漂亮，大眼睛，长睫毛，光滑如瓷器的皮肤。像个洋娃娃。

却天生软骨病。大大的头，安在瘦如柴杆的小身子上。曾被医生断言，活不过两周岁。即使侥幸活下来，也不会站立。现在，她不但活下来了，而且还会走路，虽然走得蹒跚。

父母却因她离婚。她起初是跟了母亲的，母亲改嫁后，很快生下一个健康的男孩，她成了累赘，被扔给外公。

倾家荡产也要给她看病啊，她好歹也是一条命呐。她的外公这样对我说，疼爱的眼光，一直落在她身上。

她有疼爱她的外公，她是幸运的。但是，将来呢？

一辈子太长，长得让人不敢去想。

四

六岁的强强，是个虎头虎脑的小男孩。

母亲怀他时，父亲就跟着别的女人跑了。母亲整日以泪洗面。生下他后，把他丢给他外婆，对他再不管不问。

他外婆也是恨了他父亲的，一看到他，气就不打一处来。他的成长里，很少有过温暖。

等到母亲从那场伤痛中走出来，这才惊呆地发现，她六岁的儿子，已被这个世界遗弃得太久太久了。他不会说话，对外界任何的刺激都没有反应，小小的心关闭着。那里，只是他一个人的世界。

我看见他时，他正蹲在墙角，对着一只蚂蚁看，任他母亲软言软语，他就是头也不抬。最后，是他母亲硬生生拉了他起来。他看看我，再看看他母亲，眼神里，没有任何内容。

他母亲当着人面，恸哭。她说，怎么办怎么办呢，他连妈妈都不曾叫过。

我不知道该怎么办。我只好拍拍她的手背，无力地安慰道，一切都会好起来的。

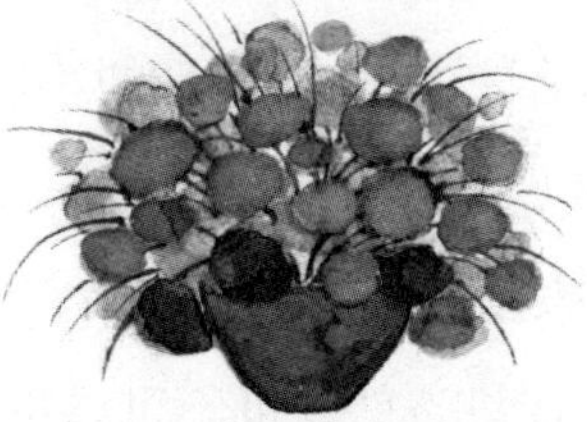

镇静如花

歹徒冲进教室的时候，老师正在给一群七岁的娃娃上课。孩子们张着柔嫩的小脸蛋，像朵朵盛开的葵花。窗外阳光明媚，世界安宁。

但歹徒出人意料地冲进来了，从身后抽出一把明晃晃的刀来，就近抓住一个小男孩，大吼道："不许乱动！"讲台前的老师稍一愣怔，随即明白了，他们被歹徒当做人质劫持了。

教室里有了小小的惊慌，孩子们瑟瑟成一团。老师的脸上，却现出微笑来，那笑容，如春风拂柳，霎时抚平了孩子们的心。

老师的眼光，一一扫过孩子们可爱的小脸蛋，语气温柔道："同学们不要怕，这是在拍《小鬼当家》呢。"

"哦，是拍戏呀。"孩子们顿时兴奋起来，原先的惊慌一扫而空。

老师转而轻声跟歹徒讲条件，可不可以用她替换下他手上的那个孩子？歹徒想了想，没同意。老师又提第二个条件，可不可以让其他的孩子出去？歹徒沉默良久，同意了。

于是，老师让孩子们排好队，手拉手地走出教室。整个过程中，没有任何的吵嚷，没有任何的混乱，孩子们很听话很安静地配合着，以为真的是在拍《小鬼当家》的戏。

争取到时间的老师报了警。警察迅速包围了学校，一切都在静悄悄中进行着。

两个小时后，歹徒被擒，被抓住当人质的孩子获救了，安然无恙。当那个孩子从人质手里被解救出来时，他是兴奋的，愉悦的，他一直以为是在拍戏。离开歹徒时，他还很天真地安慰着那个歹徒："叔叔，我不怕拍戏，你也不要怕。"

一场隐伏的悲剧，就这样被那个老师的镇静，消弭于无形之中。更为可贵的是，她用她的镇静，最大限度地保护了可爱的童心，她让他们，继续无忧地如花盛开。

窗外，春光依旧明媚，世界依旧安宁。

每个人的屋顶上，都罩着金光

他对他居住的小城，越来越厌倦了。生于斯，长于斯，小城的每一个角落，他都一清二楚着。有句话讲，熟悉的地方没有风景。他对此，深有同感。

每日里，他去上班，要穿过两条街道。街道两边的房子，灰蒙蒙的。不少的房，在他小时的记忆里就有，年复一年，无有改变。开面馆的女人，他几乎是把她望老的。小时，上学放学的路上，他都从她门前过。女人盘着一根油亮乌黑的辫子，门前一口大锅支着，锅上永远都是热气蒸腾的样子。女人站在锅旁下面条，顺手把一盆泔水，“啪”地泼到门前的梧桐树下。那个时候，女人还年轻着，不过三十四五岁，能一气追着她那两个调皮的孩子跑上两条街道。

二十多年过去了，女人还在下面条。只不过原先粗黑的辫子，已剪短，上面撒落霜花点点。女人的腰身变粗了，下颌松弛，行动有些迟缓。偶尔还见到她把一盆泔水，顺手“啪”地泼到门前的梧桐树下。那棵梧桐树，已长得相当粗壮高大，枝叶蓬勃，远望去，一幢房子似的。食客稀少，女人便常拢着手，站在门前发呆，望天，望地，望街道上走的人。她的两个孩子都出息了，在外地，要带她走。她怎么也不肯去，她说她喜欢这里，生活在这里才自在。

他实在想不明白这个女人，这小地方有什么可留恋的？他站在办公楼的窗口，眺望着远方。远方在他的眼里，像一颗巨大的水晶球，闪烁着诱人的光芒。他一定要逃离这里——他被这个念头折磨得骨头痛。

一天，他终于丢下一切，不顾母亲的苦苦哀求。他坐了长长的火车，一路北上，奔向他梦中无数次遥望过的、闪着金光的大都市。那里，聚集着一批和他一样怀着梦想的年轻人，他们住地下室，吃开水泡馒头当饭。他们收起年轻的锋芒，辗转于大都市的大街小巷，一脸谦卑地推销自己。送报纸送牛奶那样的活儿，他们也会争着干。

他也夹在其中，千辛万苦。后来，他争取到一份做文案的工作。他十分珍惜这份来之不易的工作，干得十分卖力，常常加班到深夜才回地下室。结果，他病倒了，在床上躺了两天，把工作躺丢了。他病好后走出地下室，站在太阳下发呆，原先的光环褪去，大都市竟也是这般让人不堪。对面开面馆的女人，走出门来，看他一眼，“啪”一下，把一盆泔水，泼到门前一棵树下。这似曾相识的场景，一下子撞痛了他。他的眼里，慢慢渗出泪。

他想起从前看过的一个故事，说的是一个年轻人，不满他生活的地方，日日站一条河边望对岸。隔着浩渺的河水，对岸的房屋，影影绰绰，上面都罩着金光。年轻人羡慕地想，生活在那里的人们，多么幸福！他一定要到对岸去。某天，年轻人真的出发了，向着对岸跋涉而去。一路的艰险自不必说，等他终于抵达对岸，曾在他眼中闪烁着金光的房屋，都不见了，那儿，不过是一个小渔村。家家房檐低矮，狗在村子里乱窜，老渔民在屋前补渔网。一切是安详的，又是世俗的。年轻人很失望，问老渔民，你们这里的金屋在哪里？老渔民伸手一指，说，我们这里没有金屋，金屋在河对岸呢。年轻人一回头，惊讶地发现，他来时的地方，金光闪闪。

原来，每个人的屋顶上，都罩着金光。他想，他该回家了。

第四辑 那些水样流过的句子

我一页一页地翻，那些我摘抄下的句子，水一样的，流过我的心，润泽了我所走过的人生。

《诗经》里的那些情事

单相思

关关雎鸠，在河之洲。窈窕淑女，君子好逑。

这是我从小就会背的诗句，那时背得摇头晃脑，因它的朗朗上口。幼小的心，不懂，却觉得美。有大人开玩笑，这丫头聪明，都会背《诗经》了，做我家的媳妇儿好不好？仰头脆脆地应，好。哪里知道，自己所背诵的诗里面，是一段刻骨的相思呢。

那应是一处天好地好人好的地方，雨水充足，物草丰美。天高云淡，雎鸠一唱一和地在河两岸叫着，叫得人的心，像吸足了水分的青草啊，轻轻一掐，就是满把的柔情。年轻男子，相遇到美丽的姑娘了。姑娘在干吗呢？姑娘正在河中央的陆地上采荇菜呢。隔着半条水域望过去，可以望见姑娘可爱的手臂，不停地左右舞动着，美丽的腰肢，也跟着扭动。年轻男子再也放不下这个姑娘了，“寤寐求之”，“寤寐思服”，白天夜里都在想着她啊。他辗转反侧地叹：悠哉悠哉。

我每每读到这里，都要笑出泪来。我想象着那样的夜晚：天黑得很深很深，星星在天上眨眼睛，四周俱寂。远远的，雎鸠的鸣叫传过来，搅得男子的心，更是如擂小鼓。他睡不着，他辗转反侧地长吁短叹，优哉游哉。意思是，想啊想啊想啊……长夜难度。他一定想得形削骨瘦的。那个被他相思的少女，多么幸福！

他后来，有没有娶到她？那好像不重要了。重要的是，《关雎》中，他留给我们的相思形象，足足打动了人类几千年。

《泽陂》中的小青年就更有意思了。应该是初夏的天，新蒲长出嫩叶来，池塘里的荷也婷婷。小青年在池塘边偶然碰见一位姑娘，姑娘长得真是高大健美啊，“有美一人，硕大且卷”，小青年只一眼，就再难相忘。于是相思了，而且不是一般的相思，“寤寐无为，涕泗滂沱”。你看你看，他无论醒着还是睡着，眼前都是姑娘的影子啊，他不知怎么办才好，伤心得一把鼻涕一把眼泪的。

现代人却难以怀上这样的单相思了，爱上谁，电话邮件短消息，轮番轰炸。恋情来得迅速，去得也迅速。今日结束，明日又重新披挂上阵。那只叫相思的鸟儿，已找不到栖落的枝了。让人惆怅，让人倍怀念，《诗经》中的那些傻男人们，他们纯洁如白月光的单相思，成了温润心灵的一块琥珀。

热恋

“青青子衿，悠悠我心”，这是《子衿》中守在城门楼下的女子，对爱的表白。意思是，你青色的衣领子，都绵绵地牵系着我的心啊。原来，爱上一个人，连他穿的衣，连他佩的饰物，都要爱的。她约了相爱的男子，到城门楼下相会。是约在月上柳梢头么？天还未黑呢，她可能就梳洗打扮好了，早早来到约会的地方。男子哪里知道她这么早就来了呢，自然没来，她于是焦急徘徊地等，一边想念着，一边跺着脚埋怨着："纵我不往，子宁不嗣音？"纵使我不去找你，你也该主动点儿呀，哪怕捎个口信给我也好啊。热恋中的人儿，一分一秒的分离，也觉漫长。所以她挑兮达兮，一日不见，如三月兮。让我们也跟着她着急，替她伸长了脖子眺望，那个穿青衣的男子，来了没？

《褰裳》中的小女子，就爱得更为火辣了，如一锅四川麻辣汤，轻抿一口，那热辣，就直逼人的心窝窝。她把约会的地点，放在一条河边，她站在河这边等着，不知什么缘故，约会中的男子，迟迟没来。河水缓缓地流着，她一边眺望着河水，一边在心里发着狠：

子不我思，岂无他人？狂童之狂也且！

啊啊，本姑娘漂亮着呢，你不爱我想念我，难道就没有他人么？爱我的人排着队候着呢，你这个大傻瓜！每读至此，我都忍不住大笑，这实在是个泼辣有趣的姑娘，如一朵野玫瑰，一朝绽开，那芳香就不管不顾地倾溢出来。

《采葛》则把热恋中的这种等待推向极致，通篇全是一个人的自言自语，却千转万回，缠绵婉转。

彼采葛兮。一日不见，如三月兮！

她与他，因什么原因，而有了短暂别离？不得而知，只知道姑娘在等他，看到葛草要想到他，看到蒿草要想到他，看到艾草，还是要想到他，从一日不见如三月兮，到如三秋兮，再到如三岁兮，那分分秒秒的时间，多么让人难挨！心爱的人，你什么时候才能来？

热恋中的人，一个世界都可以不要的，眼里心里全是你，纵使你普通得如一株芨芨草，在他的眼里，你也是九天的仙女，是骑着白马而来的王子。

我们都曾做过这样的仙女，或这样的王子。它使我们在回味人生的时候，有别样的甜蜜和幸福。

等爱

梅艳芳唱的《女人花》，我怕听。她唱得实在太哀婉悱恻，应了她的人生。像秋夜里的一滴露，“啪嗒”一声，滴落在心头，内心顿时一片荒凉。是啊，花开不多时，堪折直须折，女人如花花似梦。

几千年前，有个少女，在《诗经》里，也是这般唱着的。这个少女唱的不是花，她唱的是梅子：

摽有梅，其实七兮。求我庶士，迨其吉兮。

这个时候，她还青春年少，她提着筐子，徜徉在梅树旁，树上的梅子，已黄熟了，在纷纷落。地上三分，树上七分。少女望着梅树上的梅子，联想到她自己，青春也是那梅子啊，眨眼间，就熟了，就掉了，她却还没有意中人。她有些害羞地唱，喜欢我的小伙子啊，你快趁着青春好时光来找我呀。可是，爱她的人，却没有来。树上的梅子眼看着掉到只剩三分了，她焦急地唱，求我庶士，迨其今兮。也就是说，喜欢我的小伙子啊，你不要再等了，你今天就来吧。满树的梅子，终于落尽，她的青春也快要过去了，她还是没等来爱她的人。她无奈地唱，求我庶士，迨其谓之。她不再幻想谈一场缠缠绵绵的恋爱了，来不及了，来不及了，如果有小伙子现在喜欢她，就可以直接订下婚约把她娶回家的。

通篇《摽有梅》，不着悲凉，却字字凉透。等爱的心，看不见被谁伤了，却被伤得千疮百孔。

我认识一个好女子，三十多了还未嫁。当初也曾有男孩，死心塌地地爱过她，她没有接受，她想等等再说。这一等，就等到花瓣凋落。我对她说，找个好人嫁了吧。她一脸无奈地看着我，说，我也想啊，可是，到哪里去找呢？

替她感伤。好男人早在青春的路上，被人劫持了。尘世的缘分，原都是一场花开。花期过了，花事也就尽了。

盼归

很早就知道“首如飞蓬”这个成语，但不知道，首如飞蓬竟是出自《诗经》中的。当有一天，我翻到诗经中《伯兮》这一篇，我的眼睛在首如飞蓬上停住了，我实在吃惊于首如飞蓬的背景，竟是一个女人盼夫归的。

自伯之东，首如飞蓬。岂无膏沐，谁适为容。

女人的丈夫，从军远征去了，女人想他，想得无心打扮，致使头发如一蓬乱草似的堆在头上。不是没有很好的润发油啊，只是我打扮了给谁看呢？长期的思念，使女人的心头结满了忧伤。这样深刻的想念，实在让人动容！

我想起一个妇人来。妇人的丈夫，早年去台湾，一直未归，留妇人孤身一人。妇人终年一件蓝布褂子，头发乱糟糟的，脸色灰暗，不言不语地走路，不言不语地干活。小孩们背后都叫她疯婆子。这样一个疯婆子，某一天，却眉清目爽起来，大红的线衣穿在身上，已灰白了的发，被抿得纹丝不乱，用一枚漂亮的发夹夹着。原来，她去台湾的丈夫回来了，她为他，梳妆打扮。大家叹，她原来也是这么好看的一个人啊。一周之后，她丈夫回台湾，在那里，他早已另娶了太太，儿孙满堂。妇人什么话也没说，折叠起大红的线衣，换上她的蓝布褂子，重又陷入一个人的“首如飞蓬”里。

这样的盼归，在另一篇《风雨》中，终于有了完满结局。“风雨凄凄，鸡鸣喈喈”，外面风大雨大，鸡们在不安地鸣叫，女人的丈夫，出门未归。他出外多久了？或许十天，或许半个月。女人不眠，为他提着一颗心，这么大的风，这么大的雨，亲爱的人啊，你是否被风吹着了，被雨淋着了？女人因此想得害了病。就在这时，奇迹出现了，女人的丈夫竟冒着风雨突然归来。那巨大的惊喜，哪里能形容呢？女人只呆呆地看着他，说一句：“既见君子，云胡不夷！”哦，亲爱的，你回来了，我也就心安了。当确信眼前的这个人，真的就是她亲爱的丈夫啊，女人抚摸着丈夫的脸，终于喜极而泣：“既见君子，云胡不喜！”纵使外面天崩地陷，又何妨呢？你回来了，一切便好了。

世间的恩爱，原都是这个样子的，几千年来，都是这个样子的，那就是，亲爱的，只要你平安着，我也就开心了。

樱花般的少年时光

白的世界，听不见任何声响，只有雪，在静静落。远处，近处，漫天漫地的白。黑衣女子仰躺在雪地里，一动不动，清秀的眉头上，落满白雪点点。一切如此安宁，安宁得让人心疼，这是日本电影《情书》的开头。镜头缓缓拉远，如一只画笔，轻轻描过一页空白的纸，纸上落下三点两点情绪，仿佛有，又仿佛无。

我不得不佩服那个叫岩井俊二的导演，他唯美的手法，唤起的美感，不仅是视觉上的，还有听觉上的、味觉上的。一切寂静得让人慌张，这个时候，你只能屏了呼吸，静静等待。一颗心，慢慢沉下来，仿佛嗅到雪的味道，凉凉的，有淡的忧伤。背景音乐也配得轻浅，催眠般的，把人引进一段情事里。

起初，我以为只是单纯的一段恋情，博子和那个叫藤井树的男人的。片子的开头，他就死了，死于山难。他留给博子的，是无穷无尽的追忆和想念。两年了，她不能忘了他，虽然身边有另一个对她一往情深的男人。

很偶然地，博子看见藤井树中学时代的毕业录，找到他留在名字后的地址，她把它抄到手腕上。明知道那个地方已经拆除，已修成公路，她仍给他写去一封信，信很短："亲爱的藤井树，你好吗？我很好的。——渡边博子。"一字一字，都是从她胸腔里迸出的思念呵，那个时候，我是希望有奇迹发生的——他并没有死，当他收到她的信，他会不忍她的相思，而活蹦乱跳地出现在她面前，对她说，亲爱的，我是跟你开玩笑呢，我并没有死啊。这将是多么悲喜交加的事。

我是相信这样的爱情的，生死相隔，刻骨的相思，依然可以传递。然而，却有了意外，博子的信，寄到了另一个女子手中，一个和她年纪相仿，长相极其相像的女子手中。更为巧合的是，那个女子，竟也叫藤井树。女藤井树在最初的惊诧过后，还是给博子回了一封信，她写道："亲爱的渡边博子，我也很好，但是稍稍有点感冒。"女藤井树的回信，对博子来说，是怎样一种惊喜和鼓舞。她不可能不心存疑虑，那不是他亲手写的。可是，她情愿相信那是真的，相信那些信是他从天国寄来的。她立即回了信，并随信寄了感冒药。于是有了信来信往，日子寻常过着，却又变得那么不寻常，无论对博子来说，还是对女藤井树来说。雪却渐渐消融了，樱花也开始含苞，在又一封信中，博子告诉"藤井树"，她那边不久就会呈现春天的景象。

这样的梦做下去，总有醒的时候。爱博子的男人，最终揭开了这个谜。于是博子知道了另一个藤井树的存在，她与天国的对话就此结束。思念却没有停止，反而更强烈，她突然对藤井树的过去，产生浓烈兴趣，那个她深爱着的人，她想知道他过去的一切，他上学的地方，他打球的操场，他走过的路，他说过的话……是的，她要拥有他的过去。而知晓他过去的人，只有女藤井树，她是他的中学同学。

女藤井树的青涩年代，就这样，像风吹开一道口子，一点一点被打开。因为同名同姓的缘故，他们没少被同学捉弄，黑板上圈起的两个藤井树；有低年级孩子口中齐嚷的藤井树爱藤井树；他藏了她的英语试卷，偏让她等到夜阑人尽；他从后面骑车赶上她，给她套上纸帽捉弄她；风吹动洁白的窗帘，他执一本书，站在窗帘后，她一抬首，望见他的人，他的脸；他一本一本地借书，只为在借书卡上写上“藤井树”；她父亲去世，她在家陪伤心过度的母亲，他去敲她家的门，让她帮还借的图书馆的书，书名是《追忆似水年华》。并没有多话，他莫名其妙地来了，又莫名其妙地走了，她笑了。再去上学，却意外得知，他已转学……

回忆似花香，弥漫了女藤井树的青涩年华，她以为的不堪，原来那么柔软，那么美好，甚至有些幸福。这时，博子已隐隐感到，藤井树爱的那个女孩，不是她，而是另有其人。她跑到小樽去见女藤井树，最终却没有勇气相见。她坐在女藤井树家门口的雪地里，给女藤井树写下最后一封信。

藤井树的一群学妹，在图书馆里发现了一个秘密，是那本《追忆似水年华》的借书卡，反面居然画着女藤井树的画像。她们捧了书去找女藤井树，于是真相大白，男藤井树爱的，原来是女藤井树。

知道真相的博子，内心的震痛是难以言说的。千言万语化作雪地里一场哭喊，远处，就是男藤井树出事的山。太阳升起，一个崭新的日子又开始了，博子一步一步走向雪地深深处，对着大山泪流满面喊：你好吗？我很好的。你好吗？我很好的……而彼时彼刻，女藤井树正在与死神搏斗，她的感冒，已转化成肺炎。而她的父亲，就是因感冒转化肺炎，最终抢救无效死亡的。仿佛有心电感应，博子每喊一句，她就喃喃回应一句：我很好的。你好吗……

你好吗？整部片子，最动人的一句台词我以为就是这三个字了。无论对于博子来说，对于女藤井树来说，对于爷爷来说，对于母亲来说，对于秋叶来说，所有的情绪，都浓缩成这样一句话："你好吗？"是的，我想知道你好不好，你好了，我的心才安的。

整部片子，没有起伏跌宕的情节，它像一袭流水，缓缓向前流去，两岸青山绿树，水底卵石圆润。雪，窗帘，僵死的蜻蜓，樱花树……这一些没有对白的场景，唯美得如同露珠滚过人的心尖尖。真爱最终降落到它该降落的地方，博子和爱她的男人牵了手。女藤井树意外得到少年的恋情，那张背后画有她肖像的借书卡，她会珍藏一辈子罢？而她，亦会用一辈子来感激那场暗恋，而更珍惜身边的幸福。

似水流年，我们不再有遗憾，因为我们都曾年轻过，都曾深深地爱过，和被爱过。那个人，或许我们知道，或许我们不知道。然那样的恋情，它一定存在过，如樱花，纯洁在我们年少的天空下。

泛紫的细云，轻飘山顶

《枕草子》是一本散文随笔集。最初读它，我是冲着书名。书名有诗经之美。

事实上，枕草子只是一个普通的词组。“草子”，是指“卷子”或“册子”。也有人把它翻译成“草纸”。让它顿失诗意，沦落成庸常。

加一个“枕”字，大意是枕边书写的册子——这是说得通的。这本集子，更像本日记，是一个世人称她清少纳言的日本女人，伏枕丢下的零零碎碎。

我断断续续地看着，前后大约花去一个多月时间，终于看完了。

它的史料价值，远高于它的文学性。所记录之事，日常，琐碎，甚至有些凌乱，大多与宫廷生活有关。那段光阴，应是清少纳言最为光华璀璨的一章，也是她颇为自得的一章。如同烟花，燃得正好，蓬勃绚烂。其后，一切皆化为灰烬，连余温也没有了。据说晚年的清少纳言，无所依靠，托身为尼。

书里多的是闲情逸致的记载。吟诗作对。品茗饮酒。情人约会。折梅赏雪。车马骈阗，绫罗飘拂。——无一不是尊贵的优雅的。

我对这部分，读得兴味索然。倒是她记录自然的那部分，有珍珠钻石藏在里面。日出。月升。雪落。花开。一切她都饶有兴趣地看着，欢喜着。她说，凡事物，不论草木鸟虫，且不管是辗转听闻，或偶有所感，皆不可漠不关心。

她关注着细微中的情趣情味，在《枕草子》的开篇她便写道：

春，曙为最。逐渐转白的山顶，开始稍露光明，泛紫的细云轻飘其上。

轻笔几点，如蜻蜓点水，却意蕴无穷，颇有意思。

她写月亮：

月亮，以晓月为妙。东山之边端，冒出细弯弯的，才教人感动呢。

此处着墨也不多，颇似自言自语，然一颗欢喜心跳跃而出。

她写雪：

自天而降者，以雪为最妙……

雪降在松皮葺顶上，十分赏心悦目，尤以似消未消之际，最称美妙。

降得不顶多的雪，沁入瓦缝中，有处纯白，有处乌黑，看来十分有趣。

亏她看得那么仔细啊，一千多年前日本的雪景，仿佛移到眼前。

她写山梅花：

贺茂祭的归途上，走过紫野附近的庶民平房，见矮墙之下，白色的小花纷纷开遍，着实耐人寻味，那情景，仿佛黄绿色的袍子上加添了一袭薄薄的白上衣似的，至于无花处，则好比是黄色的衣裳。

山梅若有知，当如遇知音吧。

然她又是个十分自恋，且自命清高的人。她在宫里任女官时，曾在皇后跟前说："凡事，若不是受人第一恩宠疼爱，便没意思，反不如遭人嫌恶算了。教我屈居于第二、第三，那真是死也不甘心，必定要第一位才行。"

和她同时期的才女紫式部（《源氏物语》的作者），不惜笔墨，跟她叫板：

清少纳言这人端着好大的架子。她那样自以为是地书写汉字，其实，仔细看来，有很多地方倒未必都是妥善的。像她这种刻意想要凌越别人的，往往实际并不怎么好，到头来难免会落得可哀的下场；加以每好附庸风雅，故而即使索然无味的场合，也想勉强培养情绪，至于真有趣味之事，便一一不肯放过，那就自然不免出乎意料，或者流于浮疏了。像这般浮疏成性的人，其结果如何能有好的道理呢？

不知紫式部的这段话，清少纳言有没有看到。若看到，当暗喜，能被紫式部郑重其事地记录在案，并不掩嫉妒地对她表示了蔑视，说明她的分量何等之重。后来，她在一篇随笔的结尾，貌似不经意地写下这样的话：

> 我这儿说：有趣得很；可是别人却认为：毫无趣味；那才又有趣哩。

我以为，这是用来回应紫式部的。你蔑视我？好啊，我表示更大的蔑视。轻轻一笑，一句狠话也没有，就把你全比下去了。

她又是个敢于宣战的，对既定的命运，她不肯妥协：

> 我最看不起那些没什么志向指望，只一味老老实实待在家伺候丈夫，便自以为幸福的女人；其实，身家不错的千金小姐，应当出来见见世面，譬如说做一段时间的宫中内侍啦什么的，总要有机会跟人相处才好。

我在她的这番话旁画了个笑脸，我觉得她的可爱。千年之前，能掷地有声地说出这样一番话，她的骨头，该有多硬啊。

隔世茶

爱有来生吗?

爱有。

荒野之上，无边的草甸，一径绿着。阿九一袭红衣，坐在山崖上吹箫，箫声幽怨。在她，是怀了仇恨，有备而来。多年前，两家帮派结怨，阿明的哥哥为报父仇，率众劫杀了阿九全家。幼小的阿九和哥哥，侥幸逃了出来。仇恨的种子，从此在心里埋下，一日一日，长成大树。现在，她来，就是要引他们步入她哥哥设好的“陷阱”里。

不明真相的阿明，被阿九的箫声吸引，她杜鹃花一般的忧伤，击中他年轻的心扉。刹那间，他的心里，有千朵万朵杜鹃花开。他无可抑制地爱上。

为博阿九的欢心，阿明变着花样讨她的好。知她喜欢杜鹃花，他把她住的房里，处处插上杜鹃花。他拥抱着她，喃喃地倾诉着爱恋。他拉她一起跨上白马，把她紧紧环在怀中，驰骋在草甸上。蓝天之下，青山绿水，他们是多么般配的一对。风猎猎吹过，阿九的泪，终于滑下来。紧挨着如此炽烈的爱，她如何能够做到心如止水?却不能爱，不能的。她只能把一腔的爱恋，掩饰至无痕。唯一能做的，也就是静静地为他泡一杯温暖的茶。所有的情分，都在茶里。

阿明却不懂得。他竭尽全身心去爱，换来的，还是她的冷，冷得似一坨冰，任他再多的热情，也融化不了。至多她只是近于机械地，捧起他凉了的茶杯，说一句：茶凉了，我为你再续一杯吧。

他终于受不了了，跑进寺庙，削发为僧，想斩断情丝。然情丝如何能斩断？她结棚在侧，为他做饭，为他泡茶。他起初拒绝接受她送来的饭和茶，甚至摔了碗。她却固执地来，一天，一天。他的心，软了，他开始吃她做的饭，喝她泡的茶。

那真是一段美好的日子，时光淡淡的，穿窗入户。门前一棵银杏树上，落满阳光和微尘。两人也无多话，隔着一张桌子的距离，偶尔对视一眼，他在，她在，便是晴天暖日，便是天长地久。

然终究，是要结束的吧。阿九的哥哥，带了人杀上山来。银杏树下，阿九和阿明，在仇杀中都丧了命。阿九临死之前，跟阿明相约，来世，她一定会到这棵银杏树下来等他。她会说一句，茶凉了，我为你再续一杯吧。

阿明记住了。死去，魂却不肯远离。他一直守着这个院子，守在银杏树下，等她。风来了，风又走了。叶绿了，叶又黄了。一年，又一年。

五十年后，早已转世投胎成为幸福少妇的阿九，来到这个小院子。她哪里记得前世的事呢？她现在，也不叫阿九，她叫小玉。只是当她踩进这个小院子，第一眼看到这棵银杏树时，她几乎在一瞬间喜欢上，有似曾相识的感觉。

她在小院子里住下来。她读爱人的来信，给爱人回信。闲暇的时光里，她喜欢泡茶，静静地放在门前。茶袅袅地飘着热气，仿佛等着谁来。

阿明的鬼魂来了。他喝她泡好的茶，给她讲他前世的故事。她听得惊愕。茶凉，她起身给他续茶，不自觉地说一句，茶凉了，我为你再续一杯吧。阿明五十年的等待，终于完结了。爱一个人，就是希望她过上幸福的生活吧。现在，阿九幸福着，一杯隔世茶喝完，他也要走了，去重新投胎，转世来过。

这是俞飞鸿导演并主演的那部叫《爱有来生》的片子。整部片子，对白简短，情感却浓烈得化也化不开，汁汁液液都融在一杯隔世茶里，前世今生，只等着你来饮。

今生，谁是谁的隔世茶？人群里相遇，你不知道我，我不知道你。不过，不要紧的，我可以善待并祝福，每一个与我相遇到的人。

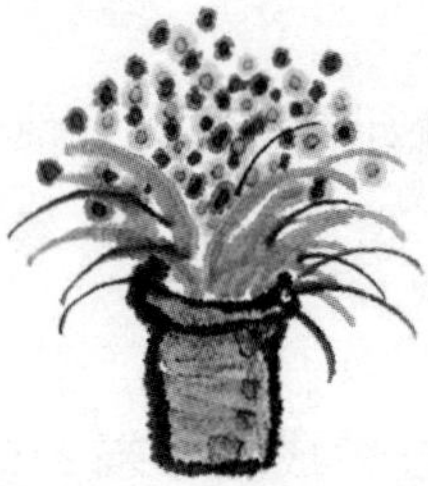

远古的邂逅

野有蔓草，零露漙兮。有美一人，清扬婉兮。邂逅相遇，适我愿兮。

这是《诗经》里的一场邂逅。

透过纸页，两千多年前的这个清晨，依然美人如玉，露珠晶莹。若低头轻嗅，似乎还能嗅到鲜嫩的青草的气息。少男少女的情思，是乍开的花朵，多么明艳。

邂逅的场景波光潋滟。是在天高地阔的野外，青青的野草，一直铺到天边去了。夜里刚刚下过一场露珠，在清晨的熹微里，一颗颗露珠，都跟钻石似的，晶莹地闪烁。一个女孩子突然出现了，她是出来采野菜的呢，还是出来摘野果子的呢？那都不重要了。重要的是，她来了，在这样一个美妙的清晨，如同得到上帝的安排。女孩子布衣荆钗，在露珠的映衬下，似一棵水灵灵的野草，眉目飞扬，清新脱俗。

这时候，远远过来了一个男孩子。他来做什么的呢？是外出打猎，还是仅仅路过？人生的相遇，有时就是这样的，不早不晚，不偏不倚，她就在这里，他也刚好来到这里。

他只照会了一眼，心里面就敲起了鼓。多美的一个女孩子啊，她的眼睛清澈得就像露珠儿！他在心里面叹息。是的是的，他一见钟情，几乎有些忘乎所以了，对着女孩子，脱口而出说出这样的傻话：真是感谢老天爷让我遇见了你，你是多么符合我的心意啊，跟我回家好吗？

后来，后来呢？我总忍不住做如是遐想：女孩子也喜欢上了男孩子，她答应了他的求婚。他们一起生儿育女，幸福了一辈子。

发生在唐朝的另一场邂逅，则有着另一番现世里活泼的模样：

君家何处住，妾住在横塘。停船暂借问，或恐是同乡。

是在那样一个青天朗日，辽阔的江面上，舟来帆往，真是热闹，却藏不住一个女儿家的思乡情。她因什么缘由，远离故土？不得而知。午后寂寥，她坐在舱内百无聊赖，独自沉思。家乡是越行越远了，漂泊的心里，正渴望着一点点奇遇呢，奇遇也就来了。耳边飘过熟悉的乡音，让她恍惚。初听，她以为听错了。屏住呼吸，再听，没错，隔壁船上有人，正说着一口她的家乡话。

她忙忙地叫船停下来，跳出舱门，张口就冲隔壁船上说话的人问，请问，你这是往哪儿去呀？被问的人很觉突然，惊诧地抬起头，一看是个小女子，旋即温和地笑了。女孩子始觉她的问话有些唐突，不好意思地抿抿嘴，一双眼睛活活泼泼地打量着对方，解释道，我家是横塘的。我之所以停下船来问你的话，是因为听到你的口音，和我的差不多，恐怕我们是老乡哩。

这个时候，我真的希望，这个姑娘逢着的老乡是个英俊郎。只听他彬彬有礼地答道：

> 家临九江水，来去九江侧。同是长干人，生小不相识。

哦哦，真是遗憾。打小就同在一个地方住，却一个向左，一个向右，从无交集。

好在上帝是仁慈的，给他们在日后安排了这样一场邂逅，照见现实里俗世的欢喜。倘若男未娶，女未嫁，这异乡的萍水相逢，或许真能成就一段美满姻缘呢。

红叶梦

一入深宫里，年年不见春。聊题一片叶，寄与有情人。

宫墙之内，叶落秋至。人生无数个秋，就这样，来了。那个久居深宫中的女子，心里怎能不生惆怅？她是哪年哪月被选进宫的？回首处，人世迢迢，烟水茫茫，依稀如梦。童年，故乡，亲人，或许也曾有过两小无猜青梅竹马。都远了，远得似一缕飘散的烟，任她再踮起脚尖遥望，也望不到一丝一缕。她眼光触摸到的，唯有那高高的宫墙。世界被生生隔断，她是被世界遗忘了的人。

宫中岁月长，日落寂寂，月出也寂寂，纵使生得花容月貌，又能如何？比不得枝上的一朵花，比不得树上的一枚叶，它们还偶有蝴蝶和虫子飞来光顾，而她，只能陪着自己的影子，一日复一日。好年华被磨蚀得如宫墙上的漆，一点一点剥落。

那个秋日，她又在深宫独自徘徊，心中是浓得无法化开的愁啊。一树一树的枫叶，黄了，红了。风吹，叶落，有的落在地上，有的落在宫墙边的河里。她痴呆呆地望着荡在水面上的叶子，被触动了什么。俯身，随手取一叶，在上面提了这四句诗，心里有幻想的花在开，深宫之外，定有个有情人在吧？他风姿华美，性格温和，他会收留她的寂寞和惆怅。

这样的幻想，有片刻的温暖。她放下那片红叶，放走了一颗心。红叶随着流水，荡着一个一个的小漩涡漂走了，漂远了。她站定，目送红叶远走，一直远到看不见了为止。那会儿，她多么羡慕那片红叶啊，可以随水自由地漂出宫外。宫外，天高地阔，有记忆里的木槿花，在哗啦哗啦开。

谁能想到，她放走的这片叶，还真的被有情人捡了。一个叫顾况的年轻人，那日，正在宫墙外的河边散步，他抬头看天，低头看水，突然发现水上漂来的一枚叶上，疑似有墨迹。他捡起一看，竟是一首诗。年轻的心，如何不激荡？他带回红叶，一夜辗转反侧，想的都是诗的主人，那个未曾谋面的深宫女子。次日，他难耐想念之情，也于一红叶上题诗，放入波中，让它随水入宫。那首诗是：

花落深宫莺亦悲，上阳宫女断肠时。
帝城不禁东流水，叶上题诗欲寄谁。

红叶不负顾况所望，真的随水流入宫中，流到写诗的宫女身边。这从天而降的奇遇，让这个深宫女子，浑身战栗不已，所有空守的寂寞，都算不得什么吧，人世间，还有这样的知音在。她激动得泪流满面，随即又赋诗一首：

一叶题诗出禁城，谁人酬和独含情。
自嗟不及波中叶，荡漾乘春取次行。

红叶载着她的深情和惆怅，出宫而去。只是这次，红叶是不是如愿飘到顾况的跟前，不得而知。故事至此，戛然而止。她出不来，他进不去。不过，对于这个宫女来说，能拥抱一段美好的回忆，已经很好很好了。红叶寄情，情不落空，心里到底还留存着，一点儿人世的温度和好，这是她这辈子最大的安慰吧。

后人多有杜撰，让写诗的宫女和拾诗的书生，在宫外意外相逢，喜结连理。事实上，这样的概率几乎无。红叶题诗，能漂出宫外，且墨迹仍在，已叫人惊奇了。偏有人碰巧捡起它，和了诗去，且让红叶载着他的同情和怜惜，回转了去，更叫人惊奇了。世上的愁苦，红叶载不起。这不过是宫女们在囚笼般的深宫里，做的一个长长的梦。作为宫女，寂寞一生埋骨深宫才是唯一的命运。不是她们不为，而是时代的手，太过强大，她们敌不过。

那些水样流过的句子

我突然翻到一本本子，做文学爱好者那会儿，我真的虔诚得可以，买了许多本子，有的用来摘抄诗歌，有的用来摘抄文章，有的用来摘抄句子。我翻到的，是摘抄句子的那一本。蓝色圆珠笔的字，写得很工整，很秀气，可见得当时的用功和喜爱。

我又开始发愣了。这是我常有的状态，用来对付我对付不了的突然。小时候写作文，喜欢故作深沉地写："一晃眼，时间就过去了。"想想好笑，那时懂什么呢？即使偶尔的忧伤，也是快乐的忧伤。一颗心，像刚钻出土的芽，急急地盼着枝繁叶茂。邻家姐姐留长头发，穿红裙子，我很向往。我发着誓，我长大了也要留长头发，穿红裙子。那是我最初认定的美。现在回头看，一切都远得有些不真实了，烟波浩渺。

可是，这些句子还在，它们躺在我的笔记本上。我一页一页地翻，它们水一样的，流过我的心，润泽了我所走过的人生。曾经的曾经，我在有风的阳台上读它们。或在，灯笼型的台灯下，摘抄下它们。它们是悬于枝头的果，红的，青的，而我的心，则是盛装它们的篮子，有果实累累的喜悦。

“粉紫的，飘着香的泡桐花，粉紫的，飘着香的春天。”这是很简短的一个句子，我摘下它的那年多大？不过十八九岁罢。爱做梦，梦的色彩，都是无比绚丽的。喜欢发呆，喜欢在微雨的黄昏，看着窗外。如果有树，如果树上正好开着花，则会很应景的，我会背背晏殊的“无可奈何花落去”。那时，年轻的心，应该是一个花苞苞，稍稍的雨露，也会让它战栗不已。

再大一些，我开始喜欢忧伤的爱情了。“我的思念随着秋气的加深，和风一样，一天比一天疯狂。店铺里飘来歌声，街上的汽车人群轰鸣得叽叽喳喳，我的世界，却是空的。”摘下这样的句子时，我已恋爱了罢？常常会有一些莫名的痛，在我和他之间。把承诺看得比生命还要重。喜欢说“永远”这个词。有永远的热恋吗？当然没有。可那时是不管不顾的，一腔的爱，非要燃烧掉不可。

“我曾两次去过你的家，可惜你家一直锁着门。你家院墙的篱笆上开了一朵牵牛花，我把它摘走了。小时候总企盼能听到它呜哩呜啦的演奏，童年的希望，多么像天上的小星星。”青春的怅惘里，有了回忆。往昔不可留不可留啊。这样的句子，实在有些千转万回。它让人的心，沉醉其中，不知归路。

走进婚姻里，心才开始平和下来，知道日子要悠着过了。“幸福来时，不一定把步子踏得山响，她常常就混在下午三四点钟的阳光里，偷偷溜到你身旁。”我在柴米油盐里，渐渐成熟起来，变得宁静而安详。

“当城那边开始闪烁／万家灯火／我要辨出自家的那盏／然后下坡”这是什么？这应是一首诗里的句子，我为什么独独喜欢这几句呢？一定是因为里面有“自家的灯盏”这几个字。我是个，恋家的人，喜欢屋檐、窗子、灯光，那是爱的相守。

“孩子画的家都相似，三角做屋顶，方框做屋子，房子是那样的简单。可他一定不会忘了，在门前画上爸爸，妈妈和自己。什么是家？屋虽是破的，可只要一家人能在一起，那便是一处最完整而温情的地方。”这样一段句子，而今读来，我依然充满感动。自认自己不是个很贪的女人，要的，就是一个家，三个人。我们可以不富裕，但是，我们相守在一起，健康，平安，快乐。没有比这更好的了。

老鱼吹浪

读到姜夔的词“高柳垂阴，老鱼吹浪，留我花间住”，我立即坐直了。

有意思！

夏日里，湖边绿柳成荫。湖面上，荷叶亭亭如盖。词人乘坐的小舟，穿行于荷花丛中，天光旖旎，暗香浮动。蹲在花下面的老鱼，忘形得吹起泡泡来，泛起浪花一朵朵，似在挽留船上的词人，来啊，来陪老夫到花间喝一杯啊。

为什么不写小鱼吹浪呢？

——这是词人的聪明了。小鱼吹浪，那算不得新颖别趣。小鱼么，就像小孩子，活泼好动，它们泡在水里面，没事也爱吹着泡泡玩。唯这老鱼，年纪一把了，早就如老僧禅定，看透世上万千，心中少有涟漪的了。让它也忘形地吹起泡泡来，可见得，眼前的风光是何等绝美！根本无须再多赞叹，那夏日湖上之景，已活脱脱跳跃出来。又或是，这条老鱼，它本就初心不改。像个老顽童，一颗老了的心里，永远住着一个天真可爱的孩童。

有人把这里的老鱼，翻译成肥鱼或大鱼，真是糟蹋了一首好词呢。老就是老，是胡子一大把的老，是修炼成精的那种老，是老顽童的老。每根胡须里，都藏着一段往事和故事的。姜夔就是一条老鱼。

姜夔不单单写得一手好词，他在书法、音乐方面的造诣，也是一等一的。他曾卜居弁山苕溪的白石洞天，朋友们都唤他，白石道人。这个时候，他怕已是条“老鱼”了，创作了他自己的自度曲、古曲及词乐曲调，现留存于世的有《白石道人歌曲》六卷。他是南宋唯一以词调曲谱传世的杰出音乐家。

这样一个多才多艺的人物，一生却颠沛流离，一度曾靠卖字和朋友接济为生。也曾相遇到一段爱情，与一弹琵琶的姑娘相识，彼此欣赏，心心相印。无奈他安置自身也难，又怎能拖累姑娘跟着他受苦？两人最终，怅怅分手。多年后，他行至金陵江上，姑娘踏梦而来，他伤怀不已，吟出一首《踏莎行》：

燕燕轻盈，莺莺娇软，分明又向华胥见。夜长争得薄情知？春初早被相思染。

别后书辞，别时针线，离魂暗逐郎行远。淮南皓月冷千山，冥冥归去无人管。

后人夸他的词如“野云孤飞，去留无意”，又或是“幽韵冷香”，“清虚骚雅”。我读出的却是江湖迢遥，冷暖自知。

他每每作词，喜欢写序一则。比起他的词来说，他的序，更胜一筹。若说他的词是一扇雕花窗，他的序，就是那窗前一树梅花，疏淡有致，清奇骨秀。他给《念奴娇·闹红一舸》作的序，值得一品再品：

余客武陵。湖北宪治在焉：古城野水，乔木参天。余与二三友，日荡舟其间。薄荷花而饮，意象幽闲，不类人境。秋水且涸。荷叶出地寻丈，因列坐其下，上不见日。清风徐来，绿云自动。间于疏处，窥见游人画船，亦一乐也。朅来吴兴。数得相羊荷花中，又夜泛西湖，光景奇绝。故以此句写之。

这等美景美情，怨不得老鱼都忍不住吹浪了啊。

平儿的爱情

一样的花容月貌，一样的环佩丁当，一样的青春妙龄，当刘姥姥第一次见到她，把她误当成主子，张口就要称姑奶奶。那周瑞家的忙说这是平姑娘。这才知道，她不过是个体面的丫头。

不曾听她提起过家乡父母。她是从小就被卖进王家的，还是王家的家生子？不得而知。总之，她在大观园里的身份是王熙凤的陪房丫头。王熙凤貌似施恩于她，把她给了贾琏做小。

能在狠辣的王熙凤身边，皮毛无损地活下来，实在是一件不太容易的事。和她一起陪嫁过来的丫头，其他三个死的死了，嫁的嫁了，只剩她，风光鲜妍地活着。偌大的贾府，上上下下竟没一个不说她好的。在贾母眼里她不是个狐媚魇道的。在贾宝玉眼里，她是个极清俊的上等女孩儿。在下人眼里，她是个正经人，从不会挑三窝四的。她清丽平和的外表下，掩藏着的，该是怎样一颗七巧玲珑心？

大观园里，一群小女儿裙袂飘过，香风阵阵。一到年龄，总有个去处，嫁人的嫁人，偷藏私情的偷藏私情。她却不行，虽也是裙衩显目的一个，却没有一个人敢动了她的心思，连那个在脂粉堆里滚着的贾宝玉也不敢。她是贾琏的小妾哪，她是王熙凤的贴身丫头啊，如何敢亲近？

她只能一个人兜着心思，谁也不说。翻遍洋洋洒洒一部《红楼梦》，我试图能从中找出有关平儿情感的一点点蛛丝马迹，但遗憾的是，没有。有的也只是不显山不露水的无奈。好似深山里的花开又花落，谁会注意到呢？

那一次，凤姐生日，因贾琏私会鲍二家的，凤姐泼了好大一场醋，平儿无端被责打。受了委屈的平儿，被李纨带去宝玉那里安抚。宝玉这才得以亲近，心中大喜，又是让她更衣，又是叫她梳头，十分的尽心。平儿素昔只听人说，这个宝玉专能和女孩子结交。如今见了，心中暗暗地敁敠："果然话不虚传，色色想的周到。"轻浅的一笔，有着说不出的忧伤。她几时被人如此怜惜照顾过？这短短的一瞬，恐怕是她生命里最大的体贴和温暖了。之前未曾享受过，之后也不会再有了。

红楼里的女儿家，生是为情而生，死是为情而死。独独这个平儿，却无情可倚可寄。一日一日也是穿花拂柳，年轻的爱情却被生生阉割了。那个花心的贾琏，就是她一生的男人啊，她是认定了的，却不敢去奢望厮守。

贾琏跟多姑娘儿鬼混，私藏了这个女人的发丝，被平儿发现了。平儿会意，不声不响藏于袖中，帮他在凤姐跟前打马虎眼，把这事给瞒得滴水不漏。这时的平儿，是藏了私心的罢，贾琏这个男人，也是她的男人她将来的依靠啊，她要讨好于他，让他记着她的好。所以，在两人异常默契地成功瞒过凤姐后，她拿着发丝对贾琏笑道："这是我一生的把柄了，好就好，不好就抖搂出这事来。"这是死灰里，燃着的一点希望罢!

后来发丝还是被贾琏抢去了，这事所激起的一点点涟漪，也就消散得无影无踪了。贾琏还是那个花心的，还是一点温存也给不了她的。

平儿最终的结局似乎不坏，王熙凤死了，她被贾琏扶了正，她终于苦尽甘来，修成正果了。但我却无法想象，她的一生，如何与这个花心的男人共度?

谁裁银笺彩缕

我喜欢把晴雯想得温暖些。

她出场时，是笑着跳着的，像一株野蔷薇，一抹幽香，醉在风里面。她笑着对宝玉道："好啊，叫我研了墨，早起高兴，只写了三个字，扔下笔就走了，哄我等了这一天。快来给我写完了这些墨才算呢！"一派的娇俏动人！想来，平日里，她只跟些纸墨打交道，银笺彩缕，红袖添香——她原就不是个粗使丫头。

不去论她的身世，《红楼梦》里的丫头们，都各有各的辛酸。对晴雯来说，父母是消失掉的一缕紫烟，她亦不在意她的身世了。她的记忆里，只有大观园，只有怡红院，只有那一树的海棠花，年年岁岁，都是那般模样。她在被遗弃的同时，也得到了补偿，譬如美丽，譬如聪明灵巧，这是她命运的砝码。她凭此，在大观园里，跻身到大丫头的行列，锦衣玉食，甚至养尊处优着。

对此，她是满足的。她本无过多希求，若有希求，也一定是希求永久，一生一世就伴着宝玉，就住在怡红院里。那是她认定的家园。怡红院的院门一关，那片天地就是她的。世事的险恶她不去想，她也没这个心计去想，她看到的只是眼前的快乐与安宁，如檐前照着那一片白日光，永远地照在那里。她在白日光下举着针线笑，给宝玉缝大红的裤子。

又或者，帮宝玉研墨铺笺。笺是她喜欢的那种冰鲛縠，柔软得跟她的肌肤似的。她在桌上，缓缓摊开它，而后高声笑着叫宝玉。也或者，是跳着去把宝玉拽过来，按着他坐下，把笔塞到他手里，让他写字。他们，哪里是主子和奴仆？更像是青梅竹马的两个。宝玉，是永远的宝玉，而她，是永远铺着冰鲛縠的那个丫头。她给他沏枫露茶，他给她画柳叶眉。一屋的温馨和暖，足够他们慢慢消化。

从没有过一层的暗示，暗示他们是彼此喜欢着的。宝玉喜欢对女孩子们发誓，对黛玉发过，对袭人发过，要为他们化成灰要为他们做和尚去，却从不曾对晴雯发过。黛玉和袭人，都清清楚楚着自己对宝玉的那份情，独独晴雯混沌着，她甚至有些无心无肺，整日里笑着，跳着，闹着，伶牙俐齿着。

只一次，在一场争吵中，偶露出半点爱意来。是在晴雯失手跌扇之后，宝玉出口一句："蠢材，蠢材！将来怎么样？明日你自己当家立事，难道也是这么顾前不顾后的？"这个宝玉也是昏了头的，这话岂能说得的？它打破了一种梦境啊。晴雯果然气得跟他大闹一场，最后大家哭闹成一团。宝玉哭说："叫我怎么样才好！这个心使碎了也没人知道。"原来，原来啊，离得近了，反而不知，他是她的命，她是他的命，他们是不可以分开的。

现实中的爱恋，原也是这等的扑朔迷离。两个日日相处着的人，兜兜转转，绕过许多的弯路，却不知，原来爱着的人，就在身边。

这样的爱，总要到死，方才明白过来。就像晴雯在临死之前，对宝玉说的那句："早知如此，我当日也另有个道理。"当日又如何？海棠花下，碧纱窗前，如花美眷，良辰美景，一定不把那大好时光都虚抛。

好在死前还见了一面，她用她的红绫袄，换下宝玉的袄儿。她和他的衣有了肌肤相亲，就当是她拥抱他罢。她枉担的虚名，终于落到实处。这是她最后的温暖。

对宝玉而言，从此却是时光难度。——谁裁银笺彩缕？隔世相望，她在她的天堂，他在他的人世间。

到底，晴雯还是幸运了，她成了宝玉永久的思念，永久的疼痛。

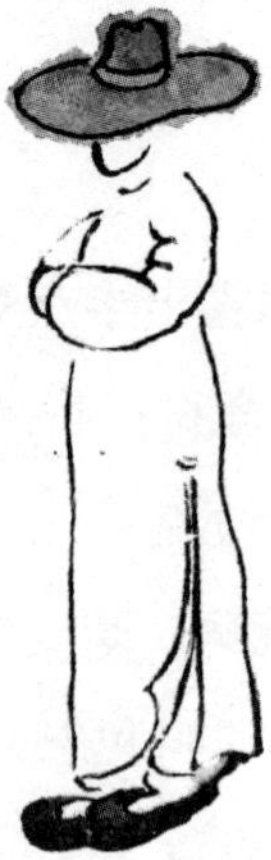

断翅的蝴蝶

她一心要来一场淋漓尽致的舞蹈的，让自己的风华，做一树繁花盛开。

她具备这样的品貌、才情与抱负，在红楼一帮姐妹里，就数她是个人精。她最初的出场，就让人过目难忘啊：“削肩细腰，长挑身材，鸭蛋脸面，俊眼修眉，顾盼神飞，文采精华，见之忘俗。”这样一个可人儿，本就是惹人喜欢的。更兼她的才情、胆识和干练，更是让她光芒四射。她起头结诗社，把一帮人热热闹闹拢到一起，还给自己起一别致的雅号“蕉下客”，她想舞蹈的心，已一点一点生了翅了。及至后来，她代管荣府家事，大刀阔斧地兴利除弊，驳宝玉，驳凤姐，拿有头有面的人“作法开端”，几件事一过手，荣府的管家娘子便感到“探春精细处不让凤姐”。惹得凤姐这样一个处处争强好胜之人，对她也投以欣赏的眼光，连连夸：“好，好，好！好个三姑娘，我说她不错。”在众人眼里，她是一朵芳华正郁的玫瑰花，又红又香，无人不爱的，只是有些棘手儿——她自有她的清高。

偏着她却摊上个做姨娘的生母，而那个姨娘，人品又是为众人所不齿的。所以从她出生起，便注定了要比别的姐妹多一重心思，多一份屈辱。那份屈辱，是生生长在心口上的一颗痣啊，让她欲罢不能。

隐痛是从小就埋伏下的，一触及，便是锥心的刺痛。她品貌超群又怎样？她有满腹才情又怎样？总也无法消除她庶出的身份——在这一点上，她有着深刻的自卑，再多的繁华与灿烂也掩盖不了。所以，她几不认亲生母亲，而亲近王夫人。在她的嫡亲舅舅赵国基死了，生母闹着要当时正管家的她多支点银子，她不肯，两人发生争执。她忍不住滚下泪来说："太太满心疼我，因姨娘每每生事，几次寒心。我但凡是个男人，可以出得去，我必早走了，立一番事业，那时我自有一番道理。"

悲剧正在这里，生了双翅的心，却囿于出生，囿于女儿身。若是她能够，她早就弃了这一切，化作一只蝴蝶飞走了。但是，她不能。天天也一样的锦衣玉食着，也一样的光华璀璨着，仿佛是个正正经经的主子呢，可是有谁知道，她心口上的暗伤，疼痛在骨头里？

大观园的一场大抄检中，她甩给王善保家的一巴掌，是她对命运不公所拍响的第一巴掌，也是唯一一次。她还能怎样？心儿明镜似的呀，在一个即将没落的大家族里，不能飞翔，那就把头低下来，低到尘埃里。所以，她认王夫人做生母，而远亲生母亲赵姨娘，她得到贾母的宠，王夫人的疼。——原只不过，想以此来赢回做人的尊严。一枝杏花，总要有彩釉大瓷瓶配了才是。她是怜惜自己的。

但终究，还是成了别人手里的一粒棋子，她被贾政远嫁他乡。一说嫁与镇守海门等处总制周琼之子。一说嫁与南方一个海岛小国的王子，做了王妃。——总之是外嫁了，一样的背井离乡，一样的路途遥遥。午夜梦回，多少的女儿事，都恍若隔世前生了。她心比天高，然，命比纸薄。纵使色彩再斑斓，亦不过是一只断翅的蝴蝶罢了。

琉璃世界的白雪红梅梦

山坡。雪。四面的粉妆银砌。有小女儿，身披凫裘，袅袅遥立。身后一瓶红梅，是胭脂浸染，听得见芳华，幽幽正吐……这是《红楼梦》里宝琴的雪下折梅。

至此时，红楼里的女儿们，悲剧已显现：死了秦可卿、金钏儿，黛玉葬花，凤姐泼醋……又来一个鸳鸯挥剪铰发——要知道，古时候女子的发，是视作生命的呀，不是绝望之极，断不会舍了性命来拼的。

一支狼毫在手，曹雪芹握不动了。那后面，还将流多少的女儿泪？他眼看着一个一个冰清玉洁的灵魂，从他笔下，杜鹃啼血般的，一路咯血而去。他的心，该痛裂成亿万片了。

怎么可以？他一定掷笔大恸。午后阳光惨淡。想必是冬天，红楼里愁云重锁，风雪欲来。曹雪芹倚窗而坐，再不忍下笔而写，眼睑渐渐合上，于困顿之中打了一个盹。一场白雪，悄然而至。和白雪一起飘来的，还有那个红梅一样的可人儿——薛宝琴，花吐胭脂，香欺兰蕙。

宝琴出现时的身份是薛宝钗的堂妹。这个身份很可疑，在前四十八回里，压根儿没提及一点点，到了四十九回里，却突然冒出来，鲜亮亮地突兀在众人跟前，如仙外来客。

大观园的一池水，陡地被宝琴搅活了。那个整日在裙衩环绕之中的宝玉，喜得一个劲傻叹："老天，老天，你有多少精华灵秀，生出这些人上之人来！"贾母则喜得把她看作比画上的人儿还要好，立逼着王夫人认她做女儿，又把她收了房内亲自去抚养。还动了把她许配给宝玉的心思——可见得是如何的看重与喜爱了。平时表现得最有雅量的宝钗，这时也醋醋地对她说："我就不信我那些儿不如你。"而心高气傲的黛玉，则把她引作知己，一个劲地追着叫妹妹。她几乎集所有红楼女儿的长处于一身——清纯，美丽，活泼，聪慧。

她不是养在深闺中的女儿，小小年纪，就跟着好乐的父亲，走遍四山五岳，天下十停，就走了有五六停了。所以她眼界开阔，才思敏捷，非一般女儿家可比。在芦雪庵争联即景诗中，宝琴所展露的才华，竟是不让黛玉、宝钗和湘云的。咏梅诗表现出的才情，则让宝玉深为惊奇。而一气作下的十首怀古绝句，更是让众人称奇道妙。

这样的宝琴，是雨后天空突现的一道彩虹啊，绚丽缤纷。但，稍纵即逝。她的出现，只为缓解雨的沉闷与压在人心上的潮湿——总得让人怀了一点快乐罢，且记取一些欢笑，好冲淡以后岁月将出现的更大的阴霾。所以，曹雪芹要捏造出一个宝琴来，包括那个因之而两笔带出的梅翰林之家，全属子虚乌有的。她只是他做的一个梦，一个琉璃世界的白雪红梅梦：雪地，红梅，吟诗，吃肉……流水空山有落霞的，那些个烦恼都暂且忘了吧，一大帮红楼女儿，尽情嬉戏玩耍，满眼的环佩珠钗，笑靥如花，是"太平盛世"的欢乐年华。

这是盛开在伤口上的一场烟花啊，是红楼将倒时，窗户里漏进的一点光亮，在心上停了停，暖了暖，而后消失。在五十二回后，宝琴再没出现过。

现实是惨痛的，唯其惨痛，更显得那梦的完美与弥足珍贵。所以，那幅白雪红梅图，竟成永恒。

人生，有时是需要做些梦的。那里的美好，可以暂缓人生的疼痛，好让我们有勇气再走一程。

云空未必空

妙玉的身份，在大观园里最为特殊。她本也生于仕宦之家，可从小多病，为求安康，入了空门。那个时候，她不过七八岁罢？还是个懵懂的孩子呢，自是不知遁入空门意味着什么。她或许还是蹦蹦跳跳蹦进寺庙里的，稚气的眼打量着庙里的佛像，只觉好玩。却不料，年复一年，只有青灯孤影，木鱼声声。

父母让她带发修行，是存了疼爱之心，并不舍得让她一辈子就守着青灯。那私下的念头里，一定有这样的打算，隔个三年五载的，就把她接出来，嫁个好人家。可惜，这样的算盘落了空，她的父母竟早早亡故了。

命运至此，也是无可奈何。这在妙玉，是可悲的。她出身不俗，又精通文墨，模样儿又极好，却只能委身于青灯黄卷之中。如此的红颜埋没，哪里就甘心了呢？故她在父母亡故后，依然带发修行，一方面想超越尘世，另一方面又与尘世藕断丝连着——总是怀了某种期盼的罢？

这种藕断丝连最终在大观园里生了根。因要看观音遗迹并贝叶遗文，她随师父来到长安都中。而贾府当时正浩浩荡荡营造大观园，迎元妃回家省亲。大观园里建有一座栊翠庵，得有像模像样的尼姑入住才行。于是妙玉就成了最佳人选，被请进大观园。

一落入那繁华之地，妙玉的衣襟上，就不可避免沾上烟尘。一道院墙，如何能阻隔了院外的花团锦簇声色犬马？中秋夜，贾府众人赏月，吹吹闹闹，不亦乐乎。妙玉经不起庙外笛声的诱惑，也走出庙门赏那清池皓月，一个人竟也待到四更天。明是赏月，实是眷恋红尘的繁华与热闹啊！最后到底拉了黛玉湘云去，展示了一下她的诗才，才算尽兴了。

十七八岁，正是少女怀春的年纪，妙玉亦不例外。她爱宝玉，但这种爱，注定只能是隐蔽的，不为人知的。她待宝玉，尽量做到不动声色，但意志有时却管不住她的心，时时暴露出她的真情。她庵中的红梅，别人去讨要未必能要到，只宝玉去，她才肯给。宝玉去她庵里喝茶，她那么个有洁癖的人，却把自己日常吃茶的那只绿玉斗，让给宝玉用。宝玉生日，她亲写一张粉笺子送来，上书“槛外人妙玉恭肃遥叩芳辰”。她是把宝玉当做自己人待的，这个秘密，也只有她一个人知。她和他，虽近在咫尺，却犹如远隔天涯，永远也不可能亲近。

十年的孤灯青影，诵经理佛，在妙玉身上，已深深烙上孤寂的影子。加上她自身的优越——出身的不凡、过人的才华、过人的品貌，那孤寂里，便添了傲气，她我行我素，任谁也不能让她低头。当刘姥姥不识好歹用她成窑的茶杯饮了茶，她索性连茶杯也不肯要了。当黛玉没尝出梅花雪水，问她一句：“这也是旧年的雨水？”她冷笑回道：“你这么个人，竟是大俗人，连水也尝不出来。”一点儿不留情面。这倒合了黛玉的脾气，黛玉懂她的刻薄，亦如懂自己，倒也没因此事跟她生分。

她跟邢岫烟是旧相识。那会儿，她在蟠香寺修炼，邢岫烟家境寒素，赁她庙里的房子。两人成了邻居，自然常走到一起。她教邢岫烟识字读书，半师半友，这一相处，就是十年。后在贾府，两个人天缘凑巧地相遇了。他乡遇故知，是人生幸事，然邢岫烟却道出一句：“她也未必真心重我。”又说妙玉“放诞诡僻”。这些话倘若妙玉听到，不知会作何感想。她不容世俗近乎无情，世俗并也不能容她。

“纵有千年铁门槛，终须一个土馒头”，她自称“槛外人”，以为能超越红尘之外的，却偏偏也是个血肉之躯，也得食人间烟火。“欲洁何曾洁，云空未必空。可怜金玉质，终陷淖泥中。”妙玉最后的结局很悲惨，一说她被强盗奸污掳掠了。一说她最后沦落风尘，做了风尘女子。

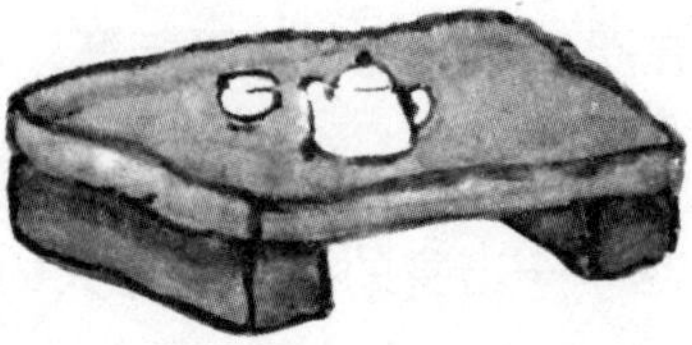

王熙凤的寂寞

《红楼梦》里，最“闹”的人物要数王熙凤了。她在出身上，是“闹”着的，“龙王来请”的金陵世家，地位之显赫，一般人难望其项背；她的长相是“闹”着的：一双丹凤三角眼，两弯柳叶吊梢眉，身量苗条，体格风骚，粉面含春威不露，丹唇未起笑先闻；她的行事做人是“闹”着的，林黛玉初见她，正待在贾母处小心翼翼地陪着话，“一语未完，只听后院中有笑语声”。这肆无忌惮的笑语声，狠狠刺激了林黛玉，她暗自思忖：这些人个个皆敛声屏气如此，这来者是谁，这样放诞无礼？

这当然是王熙凤了。除了她，贾府里谁还能这么光芒万丈地活着？

她的打扮亦是“闹”的：头上戴着金丝八宝攒珠髻，绾着朝阳五凤珠钗，项上戴着赤金盘螭缨络圈，身上穿着缕金百蝶穿花大红云缎窄褙袄，外罩五彩刻丝石青银鼠褂，下着翡翠撒花洋绉裙。整个人，就是一朵灼灼的牡丹花，气焰华美得近乎嚣张。

她在贾府的地位，更是“闹”着的。偌大个贾府，上上下下三四百口人，竟让年纪轻轻的她管着。她大权在握，一大家子的吃喝用度，兼“内政外交”，全凭她调度，把里里外外打理得服服帖帖，“竟是个男人万不及一的”。

这样一个脂粉队里的英雄，春风何等得意？没有她不能摆平的事，凭什么事，她说要行就行，且从来不信什么阴司地狱报应的。表面上，流光溢彩，别人望得见的是她的泼辣她的无限风光。却不知，她外表有多“闹”，内心里就有多寂寞。

很想揣度一下，她初见贾琏时的情景。那个时候，她不过十六七岁吧？青春妙龄，心思单纯，满心满肺的，都是对新生活的憧憬。一顶花轿，把她悠悠载进了贾府。从此，她独自驶进了她的人生航道。这是一场赌博，结果的输赢，全不在她的掌控中。红盖头掀起的刹那，她满怀的花朵儿哗啦啦开了，她一定没有失望吧？贾琏生得一副好皮囊，英俊潇洒，风流倜傥，她没有理由不喜欢。她想要的，就是和这个男人共度一生，博个地久天长。

然而，她的愿望落空了。这个男人不是个专情的，到处拈花惹草，让她燃着的心，一寸寸黯淡成了灰。她防贼一样的防着他，把他管得密不透风。饶是如此，他还是三天两头闹点绯闻染点桃花，给她添堵。她不得不一次次像母老虎一样的跳起来，捍卫自己二奶奶的尊严，用外表的强悍，来掩饰内心的脆弱。结果，她没落得同情，反而落下了“母夜叉”的坏名声。她只能打碎了牙齿和血吞，所有的疼痛，独个儿兜着，没有地方可以诉说。貌似疼爱和倚重她的贾母和王夫人，最多也只是风轻云淡地安慰她几句。她们反倒会埋怨她，没有哪个男人不偷腥，完全用不着小题大做小肚鸡肠。宝玉、黛玉、宝钗等一干人等，是把她视为另类的，他们的风雅，她走不近一点点。公公婆婆是早就把她恨毒了的。身边唯一的心腹之人是平儿，在某种程度上，平儿也是她的情敌，是她要防着的。举目之处的繁华，埋藏着的，竟是那么深那么深的孤独和寂寞。她的心里，该生出多少的绝望来，只她自知。

也曾有过交好之人，那人是宁府的少奶奶秦可卿。秦可卿本是个弃婴，被某官宦人家抱养，生得袅娜纤巧，后嫁给宁国府的少爷贾蓉为妻。宁国府是怎样一个地方？除了门口的两个石狮子是干净的，再找不到一处干净之物了。她一脚踏进来，也就踩进了一个大染缸，再怎么漂洗，也白不了了。

王熙凤和她，到底于何时结下深厚友谊的？不知。我想，两个相近的灵魂，彼此吸引，是迟早的事。她们两个太相似了，都是表面上风风光光，争强好胜，内里头却活得极其压抑。她们都遇上花心的男人，暗地里醋得要命，却不得不扮演大度，扮演贤妻。她们在人前喜笑颜开，夫妻和顺，风平浪静，背地里却离心离德，苦楚无处申诉。

她们走近，原是惺惺相惜，是寂寞与寂寞相互取暖。她们虽是叔侄关系，却亲如闺蜜。秦可卿最终用一死来解脱这人世之苦，王熙凤在她死前去看她，屡次三番红了眼圈，说出这样一句话来："真是'天有不测风云，人有旦夕祸福'。这个年纪，倘或就因这个病上怎么样了，人还活着有什么趣儿！"明着是在感叹人生无常，实则是在为自己悲伤——她的寂寞，再也无处可放了。秦可卿走的那日深夜，一缕魂魄飘飘荡荡，来与她告别。她惊醒，知秦可卿去了，"吓了一身冷汗，出了一回神"。这出神的当儿，她的心，已经空了——除了悲哀，她竟什么也不曾握住。

赵姨娘的花样年华

《红楼梦》里，最讨人嫌的一个人物，莫过于赵姨娘了。她几乎集所有的坏于一身——猥琐、自私、刻薄，还有狠毒，连亲生女儿都不正眼瞅她。我最初读《红楼梦》时，着实被这个人物吓了一大跳，她怎么会嫁给贾政的？她居然还是探春的母亲！

一日，我重拾《红楼梦》，翻到赵姨娘与探春起冲突的那一章节，突然看得哽咽住了。其时，赵姨娘正一把鼻涕一把眼泪的，对着嫌弃她的女儿说："我这屋里熬油似的熬了这么大年纪，又有你和你兄弟，这会子连袭人都不如了，我还有什么脸？"

我掩卷默想，怔怔良久。眼前晃过一个满面泪痕的女人，无情的岁月，像刀子似的，剥去她娇美的容颜。她多像一扇历尽岁月的门，漆一块一块剥落，轻轻一推，就发出"吱哑"一声——那原都是疼痛的叫唤哪！这个满腹委屈的女人，一个"熬"字，道尽多少辛酸。不过一二十年的光阴，却像一锅煎着的油，心早已被煎得焦黄。

日子是怎样的难耐和不堪？锦色年华，一日一日被风吹雨打，终殆尽。满眼的珠光翠影，没有一样是自己的，连亲生女儿也不认她，只唤她作姨娘。心上的暗疮一日一日疯长成毒瘤，散发出腐朽颓败的气息。却换不来同情，有的只是遭人嫌，连家里买来唱戏的丫头们，也可以和她对打对骂。

一豆灯光，依稀遥见当年花样年华。那个时候，她不过十五六岁，出身卑微，是贾家的家生子，还是王夫人陪嫁来的，还是买来的，这个都没有什么区别了。她是贾府众奴仆里的一个，顶多是个体面的奴仆。不难想象，她的长相定也不错，探春的模样或许随了她：削肩细腰，长挑身材，鸭蛋脸面，俊眼修眉。这样的女孩子，怎么看都是讨喜的，在一群丫头里，灼灼其华。她或许不是聪明伶俐的那一个，但她应该有着她的乖巧，如晴雯一般的，在做女红上，胜别的丫头一筹。

都知道，贾母是个品位极高且相当挑剔的老太太，从她把晴雯拨给宝玉便可知。晴雯模样爽利言谈针线的出色，将来，只她可以给宝玉使唤的，这是贾母的深谋远虑。尤二姐进贾府，被凤姐带去见贾母，贾母戴上眼镜，仔细瞧尤二姐的肉皮儿，连手脚也没放过，细瞧一遍后，方才放出话来："更是个齐全的孩子……"如此看来，贾母对女孩子的外貌是极其看重的。也就不难揣想，当年的赵姨娘，是如何花朵般摇曳的。如若不是这样，纵使赵姨娘使了些手段，让贾政看上了，也未必能过贾母这一关。老太太是个偏心的，偏向二房这边。这个儿子是个正经人，从不胡来，又孝顺得很，很得她心。他纳小妾，贾母必会帮他把关审核，焉能草率从事？

花样年华里的赵姨娘，就这么芳香四溢起来。对镜贴花黄，她有过暗自的慨叹么？身世飘零，上帝总算没有辜负她一回，她左手青春，右手美貌，讨得贾母欢喜，讨得贾政欢喜，还要过了王夫人那一关。不容易哪！当然，贾母和王夫人，都是次要的。她生命里的贵人只有一个，那就是贾政，她掌控了他，也就掌控了全世界。她一定倾尽心力，顾盼生辉，风情万种。年轻的贾政，一头坠进去了。这无关风月无关爱情。他望得见的是她的如花容颜，她望得见的，是他的锦衣玉食万贯家财。

如此，也算是“郎情妾意”了。这应是赵姨娘一生中最好的时光，大红嫁衣穿身上，洞房花烛，缠绵光阴。小丫头暗自长舒一口气，以为从此一步登天，功德圆满。

现实却不是这样的，妾就是妾，根本算不上主子。年轻貌美只是一时，哪里守得住地久天长？于是她憋着一口气，生下一女一儿来。私下里她一定颇得安慰，有儿有女，终身有靠。谁知女儿探春，打小就跟了王夫人，只认王夫人做母亲，视她这个嫡母为路人都不如。儿子贾环，又是个不争气的，不求进步，软弱无能，处处遭人挤兑。虽也是贾政的亲骨肉，然与他二哥宝玉比起来，却是一个天上，一个地下。她委屈，她不甘，她憋屈，她愤怒。她频频地作妖作怪，只为出出心中一口恶气。最终她落得了什么呢？扭曲的心灵再无法舒展，只能躲在阴暗的角落里，任凭年华凋落，无声无息。

我想起一个故事来。故事里，花样年华的女孩子，跟一个有妇之夫相遇了，爱上了，一爱就是十年，把最好的青春都赔上了。然男人是不肯离婚的，最终抛弃了她。她一瞬间枯萎，由爱生恨，经过一番谋划，杀死了男人十二岁的儿子。随后，她经历逃亡、被捕，日子如噩梦般的。在生命的最后一刻，狱警问她还有什么愿望。她提出，想要一张她当年刚上大学时的照片。照片被人找了来，上面的女孩子，笑露出两颗小虎牙，天真烂漫，清纯似雪，全无半点阴毒。她手抚照片，两滴泪颤抖地落下来。芳华刹那，一地落红，再不能捡拾！这才是一个女人最为可悲可叹的。不管这个女人是不是赵姨娘。

第五辑

风居住的街道

谁的往昔里，没有一个风居住的街道？青春年少，花影飘摇。城南旧事，纷至沓来。

且吟春踪

一直很喜欢古筝，觉得这种乐器真是奇特，轻轻一拨，就有空山路远的感觉。更何况，它配了优美的音乐来弹呢？那简直，是在人的心上装了弦，每弹拨一下，心，就跟着婉转一回。完全的不由自主。

听《且吟春踪》时，我就是这样的不能自抑。这是初春，阳光晒得人想打瞌睡。街上有了卖花的人，是一种九叶菊，满天星一样的小花儿，缀满泥盆。下面的叶，都看不见了，只看到那锦帕一样的一团碎花。卖花人不叫卖，只管笑吟吟立在一盆一盆的花儿边，看南来北往的人。脸上有春光荡漾。

我笑看着这一切。远方的朋友突然打来电话，他说，春天呢。我笑回，是的，春天呢。他说，给你首有关春的乐曲听。于是，他发来这首《且吟春踪》。在我打开之前，他介绍，这是一首佛乐。

打开的手，就有些迟疑。因为佛乐在我的感觉里，不好听，是重重复复念着南无阿弥陀佛的，念得人的心，很苍老。朋友却强调，这首不一样，绝对不一样，它把古筝的清丽幽远和佛的禅意完美结合在一起了。我将信将疑地打开，立时就被吸引住了。空灵的音乐，加上古筝的绝响，恰似一股清泉，曲折而下，渐渐淹没了我的人，淹没了我的屋子。又似旷野里一捧夜色，把人温柔地沦陷，是地老天荒哪。有一刹那，我不能言语，世上怎会有如此美妙的音乐？它美得让人想落泪。

整首曲子，舒缓潺湲，纤尘不染。是在那高高的山上，流云和青山嬉戏，风吹来花的香。是在那古刹之中，檐角挂着小铃铛，一下一下地，发出清脆的丁零声。有鸟飞过屋顶，成双成对。落光叶的树上，开始长毛毛了，枝条舒展，柔软。远处人家，有鸡在草丛中觅食。蜜蜂该出来了吧？种子在地里欢唱。阳光，如佛光一样的，剔透耀眼。

乐曲不疾不徐，轻轻流淌。似清风，翻开一页一页的书，一页有流水丁冬，一页有窗前好春色。佛前的青莲，在轻弹慢拨之中开了花。那些长夜的祷求，为的什么呢？六根未净，苦海无边，但，终有一天，心，会净化得一尘不染。再厚的重帷，亦挡不住春光。

忽然想起有一年在无锡的锡山，在山上的凉亭里，看到有女子着古装，低眉敛目，在那儿续续弹。弹的就是古筝，叮叮咚咚。她的背后，一抹青山，静谧而安详，仿佛永生永世。那景，美得像梦，让人瞬即忘了，山脚下，原还有个尘世的。

亦想起，英国诗人兰德写的诗来："我和谁也不争，和谁争我都不屑；我爱大自然，其次就是艺术；我双手烤着，生命之火取暖；火萎了，我也准备走了。"人世中的纷争，原是轻若烟尘的，能够永恒的，只有山川河流，日月星辉。

乐曲继续舒扬，阳光正好。空气中，满是春天的味道，清新、恬淡。心，在乐曲的潺湲里，慢慢靠近禅，无求无欲。屋后累积了一冬的冰，开始消融了，听见草长的声音。亦听见，绿们正整装待发，只待一夜春风起，便染他个江山绿透。

风居住的街道

《风居住的街道》是由日本的钢琴家矶村由纪子，和二胡演奏家坂下正夫共同演绎的一首曲子。整首曲子以钢琴作底子，二胡跳跃其上。它们似一对恋人，在音符之上，互诉衷肠。钢琴轻轻呢喃，如梦似幻；二胡热烈唱和，高山流水。二者完美地交融在一起，两两相望，地老天荒。

每隔一段日子不听，我会很想它，直至重新找了它来听，一颗心，才安定下来。这很像一个人嗜上某种美味，一些日子不吃，就想得心慌。我以为，美味慰藉味蕾，好的音乐，则慰藉灵魂。

第一次听它，是在办公室，一女孩的手机铃声设的它。那日，我在办公室里，正给桌上的一盆蟹爪兰浇水，女孩的手机突然响起来，这首曲子，一下子冒冒失失地撞进我的耳里来。我当即愣住，持水杯的手，停在半空中。我仿佛闻到老家的气息：村庄。田野。烟雨朦胧。小家屋檐下，雨滴在唱歌。滴答，滴答，滑落在搁在檐下的一只瓮上，滑落在长在檐下的一丛大丽花上。邻家少年撑伞而过，布衣青衫，笑容浅淡。五月的槐花，将空气染得蜜甜蜜甜的。

是暗暗喜欢着的。大人们之间开过这样的玩笑，让你家的梅丫头做我家的媳妇吧。母亲笑答一声，好啊。我在一边听着，信以为真。再遇到少年，眼神刚刚碰触到，我便羞涩地跑开了。风吹着少年的头发和衣衫，他的样子真好看。少年后来去了南方，我也离开家乡。经年后，再想起，少年的模样，已不记得了，然风吹过的年少时光，却成了岁月里，最柔软的温暖。

问那个女孩，这是首什么曲子？

女孩告诉我，它有个好听的名字，叫《风居住的街道》。女孩说，初听时，想哭。结果，真的痛哭了一场。

理解她。谁的往昔里，没有一个风居住的街道？她亦有。当年，她与他坐前后桌，在一个教室读书。窗外的桐花，一树一树地开。他在一张小纸条上写，喜欢我吗？我很喜欢你！她回他一个笑脸，算作默认。扭头望向窗外，风从街道那边吹过来，青春年少，花影飘摇。

我记住了乐曲名，回家开了电脑搜索。我下载了它，一遍一遍听。钢琴和二胡，交相辉映。风到底吹过谁的街道？城南旧事，纷至沓来。

我想起一个老先生。老先生八十岁了，在他生日那天，他执意要去一个小镇看看。孩提时，他曾从家里坐船，越过宽阔的水域，到达那个小镇去上学。六七十年过去了，他越来越想念当年的街道，路上铺着碎砖，银杏树东边一棵，西边一棵。他有个同学，绰号叫癞子，因为那个同学头上生很多癞疮。癞子跟他最要好，把母亲烙的玉米饼，偷拿出来，带给他吃。和他一起爬上银杏树，坐在树上，垂下双腿，在空中摇晃。

老先生如愿到达那个小镇。当年的小镇，已彻底变了模样。老先生寻不到他的学校，寻不到他的街道，寻不到他的银杏树。却一遍一遍告诉身边的人，这里，曾是一座山墙，我和癞子在上面画过画。这里，就是当年长银杏树的地方，我和癞子曾坐在上面学过鸟叫……往昔对他来说，隔得遥远，却从不曾走丢。

人的一生中，走不丢的，唯有青春年少。

云踪

一直喜欢听陈悦演绎的音乐作品。近些年来，她越发历练成精了，只要是她演奏的曲子，我不用看说明介绍，一听，就知是她的。一管箫或笛子在手，世间的悲欢离合恩爱情仇，便都在她的音符里飞。青衫素花，道阻且长，上下求索，人世间种种的追寻、探问、相聚和别离，九曲回肠，直逼你心灵最隐蔽处。所以，听她的曲子，容易中毒，又极安魂。

比如，她的《云踪》。笛子演奏的，钢琴做了底子。

曲子一开首的一段钢琴铺垫，就不同寻常。如天光开启。如山泉溢出。如小鸟轻振羽翼。随后，陈悦的笛声响起，几乎没有丝毫犹豫的，一下子就是风起云涌，波涛澎湃。很突兀。我记得我初听到，是在回家的路上。那是一个冬日，天边的云霞们在道着晚安，暮色四起了。这首曲子，从路边的一家卖水果的小店里飘出。水果店胖胖的老板娘，裹在一圈橘色的暮色里。当陈悦抚笛而歌，再看那老板娘，与往日竟有着大大的不同，似乎举手投足间，都有着云的影子在飘荡。我当即怔在那里，有些发懵，不知道哪里被狠狠撞了一下，有些莫名的感觉。觉得忧伤，又有着疼痛的欢娱。

云有踪吗？当然有。世事万物，都各有其来处和去处，只不过我们身处其中，常觉茫然。——到底人过于渺小，这世界，太大了。

乐曲似一只大鸟在飞。它飞过连绵的山，飞过辽阔的草原，飞过茫茫的戈壁滩，前尘过往，皆无影踪，不可追了。它却执着地要寻，要问，生有何欢，死有何惧？四周寂寞，无有回应。只有天上的云，投射下照拂的一抹淡的影。

是宋代刘镇笔下的那个不知名姓的女子，独立于冷水桥畔，于疏风淡月中，倍尝相思。“白头空负雪边春，着意问春春不语”，——一年春色又起，她却相思白了头。情意虚掷，“流水行云无觅处”，怎不叫人伤感！自古多情总被无情误，情路之上，有多少人能善始善终？云聚云散，原都有定数。然却前赴后继，义无反顾。或许，这就是人世间的爱情吧。虽是粉身碎骨白头空负，但我愿意！

又似白发的老人，独坐太阳底下，不争不恼，不怒不悲，如老僧禅定。他脸上的皱纹里，息着阳光的碎影。一生奔波，浮浮沉沉，喜怒欢悲，都悉数收起了，他终能淡定地坐看云起时。岁月最终教会我们的，是自己跟自己握手言欢。

朋友小巫，年轻时因迷恋音乐，学业未满，就一个人跑去深圳，抱着一把破吉他，四处去兜售他的音乐。最徘徊无助的时候，他的口袋里只剩下几枚硬币，吃饭睡觉都成问题。他用最后一枚硬币，换了一个馒头吃。然后，跟着天上的一片云走，云走到哪里，他就走到哪里。最后，云把他带到一个建筑工地上，他在那里搬了两个月的砖，晒脱掉一层皮。他后来事业有成，回忆起这段经历，他说，真感谢那片云。有时命运如岩缝里的草，你没有退路，你必须挣脱出来，才能看到天光云影，迎来日朗风轻。

他的经历，让我渐渐养成了个习惯，喜欢不时抬头看天，看看天上的云，又走到哪里了。有一个夜晚，我又抬头看天，却没有看到一丝云。那些云，跑去哪里了？我犯了倔脾气，我非要等到它们出来不可，我就站着傻等。后来，月亮升起来，云突然全都跑出来，簇拥在月亮身旁，做了月亮的温床。

那一晚，我待在露天里，很久。直到月亮，被云朵抱回家去。这样的记忆，每次回味起来，都很有意思。他年若是有幸，我将择一乡间小屋而居，门前长花，屋顶上养云。

一叶知心

有一段日子了，我一直在听这首叫《一叶知心》的曲子。

早起听，仿佛一个春天，正踏步而来。春风一唤，枝头的叶子，就慢慢张开了耳朵，打开了心——那一枚枚柔嫩的绿啊，嫩得人的心发颤。

夜晚听，好似有一个秋天，正在睡去。风中飘落的叶子，唱着最后一支别离的歌。告别的背景，星空辽阔。人生多的是别离啊，这是自然法则，就像四季轮转，你且坦然地接受吧。

主打的乐器是箫和古琴。箫幽幽的，似一个姑娘的倾诉。满腹的心事，在乐曲声里潺湲，哀怨有，惆怅有，忐忑有，徘徊有。而古琴呢，恰似一个历经世事的长者，他笑微微地听着，不时点点头，“嗯”一声，并不打断。偶尔的，他抬起手轻轻拍拍姑娘的肩，一下，一下。姑娘所有的不安，立即消弭了不少。孤寂不怕，寒冷不怕，离别不怕，幸得有个春天在等，那些光秃秃的枝上，会重新升起叶子嫩绿的帆。

乐曲低吟浅唱，碧天素水，一片叶子缓缓舒展，从嫩绿，到翠绿，到青绿，到深绿，再到枯黄。叶子的一生，就像人的一生，有着生命丰富的旅程。有那么一个月夜，我曾被一片青春年少的叶子惊到。那是一片桂花树的叶子。桂花树长在路的一侧，跟一些木槿和蜡梅站在一起。我路过，远远就看到那片叶子，在幽暗的蓊郁和茂密之上闪亮。真亮啊，像一枚银币。我好奇地走过去，发现那片叶子，像手掌一样的，摊开，接了满满的月光。那个寻常的夜晚，因那片心中盛着月光的叶子，而变得无比美好。

我也曾于一个春日午后，遇见一片在跳舞的叶子。它跳得兴高采烈的，旁若无人的。那会儿，风不动，云不走，就它独个儿在跳，手舞足蹈的。一片叶子也会遇到开心事的吧？我看着它跳，看着看着，就笑了起来。那种愉悦的心情，持续了整整一个下午。

夏天的傍晚，我喜欢沿着一条河慢跑。河边多杨树，我一边跑，一边听杨树叶子唱歌。有时是沙沙沙的，有时是哗啦啦的，像一波的浪，追逐着另一波的浪。那声音里有阳光，有雨露，有星辰，有鸟雀，我想着它们在为我歌唱，也在为这个世界歌唱，真是又愉快又感动。

翻开一本宋词选，一片叶子掉出来。那是我在庐山上捡的，是枚鹅掌楸叶。秋天我去庐山，山上最显目的，要数鹅掌楸了。它们披着一树一树的金黄，在云雾中隐约，每一片叶子上，都像住着一个金銮殿。我在那里住了几天，天天跑去看鹅掌楸。也总是大雾天，有时雾一天都散不去。那也挺好，我就在雾里乱转，撞到什么看什么，看溪水冲刷着石子。看晚开的杜鹃，粉艳的花朵，浮在云雾里。当然，更多的是看叶子，被云雾清洗得更加夺目。

有一次，我被一树金黄的鹅掌楸，牵引到一农家院子里，七十多岁的阿婆正在做小茶饼。她说她从小就在这座山上生活，从没出过山，孩子们在山下都有房子，多次想带她出山玩，她不肯去。我们庐山这么美，外头哪有这么美的地方，她说。我点头称是，吃着她做的小茶饼。雾一团一团的，水一样漫过来，又水一样漫走。我们一会儿隐在雾里头，一会儿又从雾中冒出来，真像置身在仙境。

这片被我带回的鹅掌楸叶，金黄的色泽，仍是黄得透透的。每每看到它，我都会想到庐山，想到那大团大团的雾，想到那个农家院子，还有溪水、杜鹃和小茶饼。而这片叶子记录下的，远不止这些吧，它上面住着一个庐山的。

红莓花儿开

对于国人来说，怕是少有人知道，红莓，究竟是一种什么植物。但对于苏联的《红莓花儿开》，却不陌生。这首诞生于20世纪50年代的歌曲，在中国，几乎达到家喻户晓的程度。

它原是苏联故事片《幸福的生活》的插曲。《幸福的生活》到底演绎了怎样的幸福，大抵没人去关心了。这首歌，却因其曲调优美旋律明朗，而被广为传唱，成为一代人记忆里的明媚。

我听这首歌的时候，已隔了几十年的光阴。是元旦文艺汇演时，学校里那个不苟言笑的老夫子，突然走上台，拉起手风琴，深情款款地演唱了这首《红莓花儿开》。他的脸上，飞扬起快乐，眼眸底，有泪光莹莹。当时，满堂惊呆，谁也不曾想到，那样一个迂腐刻板的人，竟有这样的柔软情怀。

从此，开始留意这首歌。竟时常可以听到，在音像店，在商场，在公交车上。女声演唱版缠绵，男声演唱版醇厚。某一次，我还听到用俄语演唱的，虽听不懂，却觉得好听，是曲折通幽了，散发出浓郁的斯拉夫民族的浪漫色彩。

浪漫？是的，整首歌，曲调舒缓悠扬，如重峦叠嶂，起起伏伏。又似山花轻轻吐蕊，一点一点溢出芬芳。空气中，暗香浮动。年轻的姑娘。可爱的少年。他们相遇了。不过一个眼神相撞，姑娘的心里，立即涟漪轻起。她爱上了。

河边的红莓花儿，一朵一朵开了。花儿映红了姑娘的心事，那些的日思夜想，欲说还休。“少女的思念天天在增长，我是一个姑娘怎么对他讲，没有勇气诉说尽在彷徨……”姑娘辗转反侧，徘徊又彷徨。

转眼，一个季节悄悄滑过，“河边红莓花儿已凋谢了”，而“少女的思念一点儿没减少”。怎么办怎么办呢？还是不能说不能说。姑娘轻咬着嘴唇，远远眺望着心爱的少年，心里的秘密他是否懂得？蓝天。白云。那些开了又谢的红莓花儿。

去问一个上了年纪的退休老教师，红莓，到底是种什么植物，它开的花，是红色的么？老人先是一愣，继而眼神迷离，那里面是他的世纪他的年华。那个年代，他因在课堂上教学生唱《红莓花儿开》，被扣上资产阶级知识分子的帽子，没少挨过批斗的苦。可他还是忍不住要唱“田野小河边，红莓花儿开”。有人时，他在心里哼。没人时，他在喉咙里哼。有了歌的陪伴，再枯燥再寒冷的日子，他也没感到孤独。我想，那一定是爱的力量了。是歌里面的爱，隽永的绵长的，给了他无尽的温暖和向往。

老人后来找出一张碟，放给我听这首《红莓花儿开》。老人说，红莓就是红莓。他旁若无人地轻轻跟着后面唱，脸上山高水长。

山楂树

买了一张俄罗斯老歌的碟，有事没事放着听。窗外的秋，深了。碧云天，黄叶地——这样的季节，适合想念一些人。俄罗斯老歌在我的小屋子里婉约，每一个音符，都散发出伏尔加酒迷人的气息，醇香，让人沉醉。

这其中，有一首名叫《山楂树》的歌，特别的婉转悠扬，柔柔的女声，伴着怀旧的手风琴，清泉般的流下来。点点滴滴，钻心入肺。"歌声轻轻荡漾在黄昏水面上，暮色中的工厂在远处闪着光；列车飞快奔驰，车窗外灯火辉煌，两个青年等我在山楂树下。"年轻的姑娘。执着爱着的两个小伙子。一树一树的山楂树开花了，层层叠叠，叠叠层层，如雪堆，如云浪。

这首歌，诞生于1953年的苏联，原名《乌拉尔的山楂树》。韵律起起伏伏间，流转着浓郁的乌拉尔风情——纯真、优美、浪漫。曾有不少人误以为它是俄罗斯民歌，其实不是，它是当时的诗人拉德金和作曲家皮里别科合作的。20世纪50年代，它随着大量的俄罗斯歌曲传入中国，立即被广为传唱。特别是当时的年轻人，更是为它倾倒和痴迷，隔着一个国界，情是相通的，爱是相通的。他们唱着它，火热的青春里，有着闪亮的幸福和甜蜜。纯洁，质朴，如一株株开满白花的山楂树。

我没赶上那个火热的年代，隔了半个多世纪的今天，我听它，也一样在里面醉：可爱的姑娘，同时被两个青年爱上，一个是镟工，一个是铁匠，一样的出色和优秀，让姑娘好是为难。她约他们在山楂树下见面，一路车奔，车窗外掠过一片片山楂树，白色的花朵，像下过一场雪。姑娘的心，真是矛盾啊，两个可爱的年轻人，都如山楂花一样美好啊，她到底选谁呢？难以取舍。姑娘忍不住低吟：“哦，那茂密的山楂树，白花开满枝头。哦，你可爱的山楂树，为何要发愁？”歌声轻旋，如湖面的水，一波一波荡开。又如黄昏下的薄雾，轻轻抛下。白色的花朵，纯洁的情感。高山上，白云流水。

这大概就是俄罗斯老歌经久不衰的奥秘所在。

去一家酒店找人，正遇上一群老年人在聚会。或许是酒至酣处，他们竟旁若无人敲着碗筷唱起歌来，唱的都是苏联的老歌。当唱到《山楂树》时，每张沧桑的脸上，线条都变得柔和起来，灯光下，他们的眼里，有晶莹的东西在闪烁。

一位老人拉着我的手说，孩子，你不能明白我们那个年代。

那个年代是什么呢？人们百炼成钢，被一种激进的热情鼓舞着。爱也单纯，思也单纯，甚至连忧伤，也是单纯的。劳作间隙，思想的鸟儿，却会乱飞，青春的情感，隐蔽在何处呢？《山楂树》等歌来了，他们的情感终于找到寄存的地方，他们唱着歌，青春的热血，在血管里，一次又一次地奔流。

今天，他们所怀念的，或许不单纯是这样美丽的音乐，而是那个青春年华里，所承载的美好信念，还有，他们洒下的热血和汗水。流年似水，似水流年，却有一朵朵山楂花，繁密地开在他们记忆的枝头，让他们在追忆往昔时，不至于迷了路。

喀秋莎

1939 年，当一个名叫伊萨科夫斯基的男人，在纸上写下《喀秋莎》这首歌的歌词时，他万万没想到，两年之后，这首歌，会飞遍欧洲大地，继而在全世界传唱起来，成为一种信念和象征，从此经久不衰。

1941 年 7 月，乌克兰一望无际的原野上，麦子熟了。金黄的麦穗，洋溢着成熟的香气。远处的村庄上，有金发碧眼的姑娘，有恋爱中的小伙子，还有哞哞欢叫着的牛羊。夕阳西落，炊烟缕缕，缠绕着空中的麦香。一切多么幸福安详。然而，这片平和宁静的土地，却被突然而至的炮声碾碎。轰隆隆，轰隆隆，德国兵排山倒海而来，他们疯狂地跳着死亡之舞，使这片安宁的土地，刹那间变得千疮百孔，满目疮痍。荒野里，尸体纵横。小草在燃烧，麦子在哭泣。

苏联的卫国战争爆发了。一个个青年男子，走出家门，自发组织起来，奔赴前线。他们中，有许多人甚至从未穿过军装摸过枪，都知道这一去，就是关山险阻，生死两茫茫。但为了心爱的家园，他们情愿用肉体，去抵挡德国人的坦克和大炮。一批人倒下，另一批人又跟上。当又一列青年士兵，怀着必死的勇气，从莫斯科开赴第聂伯河前线的时候，一队女学生，突然出现在送别的人群里，款款深情地冲他们唱起了《喀秋莎》："正当梨花开遍了天涯／河上飘着柔曼的轻纱／

喀秋莎站在峻峭的岸上／歌声好像明媚的春光／她在歌唱草原的雄鹰／她在歌唱心爱的人儿……”歌声婉转悠扬，如一群百灵，在春天的枝头啁啾。翠绿的音符，纷纷飘落在青年士兵们的心上，滚烫，情意绵绵。士兵们忍不住热泪盈眶，他们念着喀秋莎，喀秋莎，胸膛里仿佛蛰伏着一只鸟儿，红嘴绿身子，带着爱情的甜蜜，就要飞了，就要飞了。其时，正黄昏，血色的晚霞，浸染着那片可爱的土地。

此后，在漫长的铁路线上，在第聂伯河的每一个村庄，在炮火纷飞的战场上，出现了这样一个奇怪的现象，每一个苏联士兵，都高唱着《喀秋莎》，一往无前地迎着死亡扑去。“驻守边疆年轻的战士／心中怀念遥远的姑娘／勇敢战斗保卫祖国／喀秋莎爱情永远属于他”，美丽的喀秋莎，神圣的喀秋莎，那个从未谋面过的亲爱的姑娘，他们的爱！他们要为保护她而战！

战争还在残酷进行中，每天都有成千上万的俄国人死在战场上，德国人表面一片辉煌。然而，就在这时，一种新式武器——多管火箭炮，被送到了苏联士兵手中。这种武器没有任何标记，只在沉重的炮架上刻着一个醒目的“K”字，是代表“共产国际”兵工厂。但士兵们不知道，因“K”与“喀秋莎”的第一个字母相同，士兵们就亲切地唤它喀秋莎。他们带着心爱的“姑娘”驰骋沙场，终于在四年后，迎来战争的胜利。

如今，大半个世纪过去了，那些硝烟弥漫的日子，已渐渐隐遁在历史的长河里。但美丽的喀秋莎，却依然活在每一个俄罗斯男人的心里，成了他们永恒的恋人。隔着岁月的河流，喀秋莎站在峻峭的岸上，轻轻挥扬着阳光的鞭子，放牧着歌声。她肩上的长发，闪着麦子一样的光芒。梨花开遍了天涯，向人们传递着这样一个信息：和平多么美，世界多么美！

莫斯科郊外的晚上

1956 年，苏联上演了一部大型文献纪录片《在运动大会的日子里》，片中共有 4 首插曲，《莫斯科郊外的晚上》就是其中之一。曲作者是当时苏联很负盛名的索洛维约夫·谢多伊，词作者是著名的诗人马都索夫斯基。

曲子的第一乐句是自然小调式，第二乐句是自然大调式，第三乐句旋律小调式的影子一闪，第四乐句又回到了自然小调式，气息宽广，生趣盎然。谢多伊作它时，颇费了一番匠心。然这首曲子在当时反响并不大，直到 1957 年第 6 届世界青年联欢节在苏联举行时，《莫斯科郊外的晚上》一举夺得金奖，人们才开始注意到它。来自世界各地的青年唱着“但愿从今后，你我永不忘，莫斯科郊外的晚上”，恋恋作别莫斯科。从此，这首旋律优美的歌曲飞出了苏联，在世界各地广为流传开来。

1958 年，莫斯科举办第一届国际柴可夫斯基钢琴比赛，一等奖获得者是来自美国的青年钢琴家范·克莱本，他在告别音乐会上激动地弹奏起《莫斯科郊外的晚上》。他的琴声瞬间被雷鸣般的掌声淹没，全场听众情不自禁地站起来，跟着琴声一齐高唱。后来，克莱本回到美国后，把这首歌曲当做他演出的保留曲目。美苏“冷战”期间，美国另一位歌手肯尼·鲍尔用英文录唱了这首歌，成为当时美国的畅销唱片。彼时，它成了一束和暖的阳光，照亮人们僵硬的心，重新唤出人们埋藏在心底的爱。人们唱着“但愿从今后，你我永不忘”，心变得柔软。世间什么都可以丢，唯有爱不能。

在法国，作曲家兼歌手弗朗西斯·雷马克，给这首曲子重新填上法语歌词，取名《春天的铃兰》，并在法国传唱，红极一时。苏联的“若克”歌舞团到巴西访问演出，演唱巴西人的《桑巴》，巴西观众则高歌这首《莫斯科郊外的晚上》作为回报。这首歌还传到尼日利亚、芬兰、几内亚、日本、加拿大、澳大利亚……世界上只要有人群的地方，几乎都可以听到这首歌。不同的语言，唱着同一个旋律，表达出人们对真善美的向往。

1957年，这首歌被译成中文，在中国传唱开来。之前，年轻的音乐家薛范，于偶然间听到这首歌，立即被它优美的旋律所吸引。但苦于找不到好的切入点，把它翻译过来。一个雨夜，薛范走在大街上，想着这首歌的旋律。昏黄的路灯，洒下淡的光影。路边的梧桐树上，间或有水珠往下滴，滴答，滴答，声音清脆。夜，异常的静谧安宁。突然，从一幢楼里传来钢琴声，是他喜欢的肖邦的《降E大调夜曲》。琴声如瀑布般的泼洒开来，他若有所思地站住了，静静聆听。空气中弥漫着潮湿的异样的气息，像纯洁的爱情。回家后，他灵感突现，只一小时，就译出了这首《莫斯科郊外的晚上》。

这以后，几乎没有一种音乐刊物、一本外国歌曲集子没有发表过这首歌，也几乎没有一家唱片公司没有录制过这首歌。无论男女老少，都能哼上两句“夜色多么好，心情多爽朗，在这迷人的晚上”。人们唱着它，走进工厂，走进学校，走上广袤的田野。它不再是单纯意义上的歌唱莫斯科近郊夜晚的景色，也不仅仅是歌唱爱情，它已融入了人们对祖国、对亲友、对一切美好事物的爱。

现在，半个多世纪过去了，这首《莫斯科郊外的晚上》却不曾老去，它已成为经典，常被人们挂在嘴边哼唱。年轻人哼着它，朝气蓬勃，热情欢愉。上了年纪的人再听这首歌，就是重温旧时光了。他们会听得泪流满面，曾经的青春、热血、爱情、希望，都在这首歌里澎湃，让他们的心，一次又一次地湿润起来。

云水禅心

好的曲子，是百听不厌的。

比如，我正在听的这首《云水禅心》。佛曲。四五年前，我初遇它，惊为天曲。魂被它一把攥住，满世界的喧哗，一下子退避数千里。

清清爽爽的古筝，配以三两声琵琶，如隔夜的雨滴，滚落在萋萋芳草上。一扇门，轻轻洞开，红尘隔在门外。人已完全做不了自己的主了，像懵懂的幼儿，一步步被它引领着，走近佛，走近禅，走近灵魂最初的地方。竹海森森，有泉水丁冬。有清风徐拂。有白云悠悠。有鸟鸣声交相呼应。鱼儿在清泉里，摇头摆尾。它们在一起，自吟自唱，相安无事。空气是绿色的，你甚至感觉到，有扑面而来的清冽和甜蜜。静，真静哪！这时候，你的心，化作一泓泉水流过去，化作一缕清风吹过去，化作一朵白云飘过去。不，不，还是化作一尾鱼好了，在清泉里，自由自在地游弋吧。

我的窗外，夏天的燠热一步一步逼近。今年的季节有点怪，春天久盼不至，夏天却急不可耐，一马当先，攻城略地——天气是猝不及防热起来的。可隔了一年未听，这首《云水禅心》，还是一如既往的清丽。再多的烦躁，在它的轻抚下，也一一平息。

云水？这个词真是绝妙！云是天上的水，水是地上的云。它们到底谁是谁呢？一个，是另一个的影子，相互倾慕，相互辉映。

不记得在哪里看到的一句话了：云飘到哪里，人追到哪里；水流到哪里，人走到哪里。这天与地，原不是太阳的，不是月亮的，而是云的，是水的。

那一日，与几个朋友相约，去几百里外的便仓看牡丹。那里有传说中的枯枝牡丹——紫袍和赵粉，枯枝之上，绽放欢颜，花开七百四十年。驱车途中，一条河在我们一侧，一路跟随。天空晴朗，云朵洁白。我们一边看水，一边听着《云水禅心》。突然撞见一个老渡口，有渡船停在岸边。午后清闲，老艄公独倚在船头，望天。隔岸，一个村庄像一幅水粉画，静止在那里。满坡的油菜花，还没开完，将谢未谢，把半条河给染得金黄。黛青的瓦房，散落在菜花间。

我们跳下车，奔过去。同行中，有四十大几的男人，激动得像个孩子，拿起照相机，一通猛拍，嘴里不停地嚷，多好啊，多好啊。

好什么呢？这天！这地！这云！这水！这渡口！老艄公倚在船头，气定神闲地看着我们。他是见多识广的，单等我们说，过河去。

真的过河去了。一人一元的渡船费。我们说，不贵不贵。好奇地问老艄公，你一天要渡多少人过河呢？他答，有时多，有时少。我们笑了，这话，像禅语。

船向对岸划过去，击起水花一朵朵。水里的云影，被搅碎了，又很快缝合。靠岸，我们扑进岸边那片菜花地，走小径，过小桥。桥下忽然荡来一条小船，上面载着一些农用物品。船上有三人，两个男人，一个女人，女人头上系着花头巾。他们一门心思撑着小船，从我们跟前划过去，划过去。岸边杨柳青。

我们忘了要去的目的地，在那个小村庄里流连，心里涨满莫名的感动。人生的相遇，相见，相别，是这样的不确定，又是这样的合情合理。佛家说，云在青天水在瓶。一切的物与生命，原都以自然的面貌，各各存活在自己的岁月里。像那个老渡口，一河的水，倒映着岸边的油菜花，倒映着蓝天白云。午后的阳光，泼泼洒洒。一艘小船，从时光里，悠然撑过。

望春风

《望春风》是台湾四大名曲《四月望雨》中的一首。1933 年，台湾青年李临秋，因受古典小说《西厢记》中诗句“隔墙花影动，疑似玉人来”的启发，灵感突现，创作出歌曲《望春风》的歌词，把思慕爱情的少女，描写得惟妙惟肖，心思点点，似花吐蕊。作曲家邓雨贤采用了传统五声音阶旋律，为其谱了曲，曲调优美婉转，柔情款款，与歌词丝丝入扣，珠联璧合。一首《望春风》，从此成为台湾最具代表性的民谣，大半个世纪以来传唱不衰。更有多种乐器演奏过它，萨克斯、葫芦丝、月琴、琵琶、古筝……翻转出千般滋味。

我最初听的《望春风》，是萨克斯演奏的。在那之前，我一直以为萨克斯是属于阳刚的、浑厚的，是着了正装的青年男子，头上戴一顶镶了红边或黄边的白帽子，手上戴着雪白的手套，站成一排，鼓着腮帮吹，有排山倒海的气势。却不知，它也有柔媚的一面。在《望春风》里，它简直就是个眉目含翠的女子，眼波流转中，有多少的情和爱，欲说还休。低吟浅唱，倚窗守望，原都是为了那一个人呵，“听见外面有人来，开门该看觅。月娘笑阮是憨大呆，给风骗不知。”思念是这样的叫人魂不守舍，稍稍的风吹草动，也能惊起涟漪，仿若闻到他的呼吸。“独夜无伴守灯下，清风对面吹”，眼看着月娘又升上树梢，今夜，她的等待会不会再次落空？哎，真替这个姑娘着急。

乐曲荡开，仿佛旋开万顷碧波。谁与谁隔着湖岸，永远泅渡不过？浪头上一朵白莲，幽幽飘远——“等待何时君来采，青春花当开”。君为何为何还不来？

我想到了唐人乐府《长干行》：

君家何处住，妾住在横塘。停船暂借问，或恐是同乡。

碧波之上，舟来帆往，喧闹声此起彼伏。诗中女子，随船远行，异乡的天空下，水波激荡着孤寂。这日，她正趴在船窗上，百无聊赖向外张望呢，耳中突然传来熟悉的乡音，循着声音找过去，她也就望见了邻船上说话的年轻人。哦，面皮白白的年轻人，让她的一颗心，就那么弹起琵琶来。她想都没想，跳出去，叫停了她家的船，张口就冲对面问道，请问你这是要去往哪儿呀，我家是横塘的。话刚出口，她大概意识到自己的唐突了，赶紧羞红了脸解释道，啊，我听你说话的口音像我们那个地方的人，或许我们是老乡呢。

我很想知道他们的结局。若她未嫁，他未娶，是不是就能成就一段美好姻缘？只是世间相遇容易，相爱却难。

年近四十还未成家的朋友，天天梳洗打扮了去相亲，好不容易谈了一个律师，离婚的，带着十岁的小男孩。她全部身心投进去，给小男孩织线衣，买玩具，做好吃的，千般讨好，只为了让那孩子能接纳她。我问她，你这是何苦呢？她自嘲地一笑，不这样，又能怎样？我都这么老了，再不爱，来不及了。

我无语。是啊，我们的一生短暂，春风经得起几回望呢？望着望着，也就老了。

虫儿飞

乍听到童声合唱的《虫儿飞》时，我狠狠愣住了，心里慢慢滋生出一种情绪来，透明，脆弱，还有些，薄薄的忧伤。

“黑黑的天空低垂，亮亮的繁星相随，虫儿飞虫儿飞，你在思念谁？天上的星星流泪，地上的玫瑰枯萎，冷风吹冷风吹，只要有你陪……”孩子们的声音，清丽悠扬，如小手，在你的心上轻轻叩。歌曲的旋律简单明了，只要听上三两分钟，准能哼唱起来。词也朗朗上口，好记。却裹挟着一股力量，把往昔的门一扇一扇撞开，让你不由自主跟着它跌进去，一颗心，慢慢褪去它坚硬的外壳，露出柔软的内核。

说不出话来，只静静地，一遍一遍听。一群孩子在反反复复地唱：“虫儿飞花儿睡，一双又一对才美。不怕天黑只怕心碎，不管累不累，也不管东南西北。”窗外，是五月的晴天，风中有淡淡的槐花香飘着。大太阳照着人家的琉璃瓦，闪闪发光。而我却分明看到无数的虫儿，在孩子们稚嫩的声音里，纷飞如雨。

那是一些夏夜。天上的繁星，多得像撒落的米粒。是的，我总是要想到米粒。稻子的气息，弥漫在不远处的稻田里。晚风飘摇，所有的稻子，都顶着一头的稻花，在做着米粒的梦。我的父亲母亲，望向稻田的神情是愉悦的，稻花香里说丰年呢。他们知道，不久的将来，那里站立着的，就是一粒一粒白白胖胖的大米。

人们聚集而来，在门前的场地上纳凉。大家东一句西一句闲话，白天的劳累，渐渐消融在夜色里。明天又是一个大好天哪，他们抬头看看天，说。天上米粒一样多的星星，在眨着眼睛。一个晚上的养精蓄锐，足够让他们第二天再精神焕发地去地里劳作。

萤火虫们来了，成群结队，提着"小灯笼"。这时的天下是它们的。它们一会儿飞到东，一会儿飞到西，一会儿飞到南，一会儿飞到北，热闹极了，把黑暗划出一波一波的光亮。我们小孩子是坐不住的，追着萤火虫跑。跑过一片黄豆地，跑过一条开满野菊花的小沟，跑到人家的竹园里去了。母亲的怒斥声响在身后，快回来，不怕被蛇咬到啊！那时，草地里多蛇。母亲一提到蛇，我的心里哆嗦了一下，我是特别怕蛇的。但这样的恐惧，还是抵不过奔跑的欢乐，我们继续追着萤火虫跑，手上的玻璃瓶里，很快装满了萤火虫。

吃斋念佛的祖母，是不允许我们"杀生"的，关在瓶子里的萤火虫，后来都被祖母悉数放了。我们并不在意，我们在意的是，追着萤火虫奔跑的快乐。人生中的许多事，结果是什么并不重要，重要的是那个奔跑着的过程。

也有一些夜晚，我们被祖母按在凉席上，乖乖纳凉。萤火虫在我们周围调皮地飞，凤仙花兀自在屋檐下浅睡。祖母会给我们讲故事，或教我们辨认星星。我们认识了牛郎星和织女星。还有一颗星星，祖母唤它懒婆娘星。说是这个懒婆娘挂蚊帐，只挂了三个角就懒得挂了，导致她的蚊帐第四个角一直耷拉着。我们睁大眼睛去找，果真看到一颗很亮的星星旁边，绕着四颗星星，三颗在上，一颗在下歪着。

这是童年的好时光，虫儿在飞，花儿在睡，星光点点。以为此生此世，永远是这般模样，无忧亦无虑。等到再回首，却早已物是人非。“黑黑的天空低垂，亮亮的繁星相随，虫儿飞虫儿飞，你在思念谁？”孩子们的声音里，有着胡琴一般的忧伤。记忆里的温暖，开始闪烁。在繁星密布的天空中。在稻花飘香的大地上。

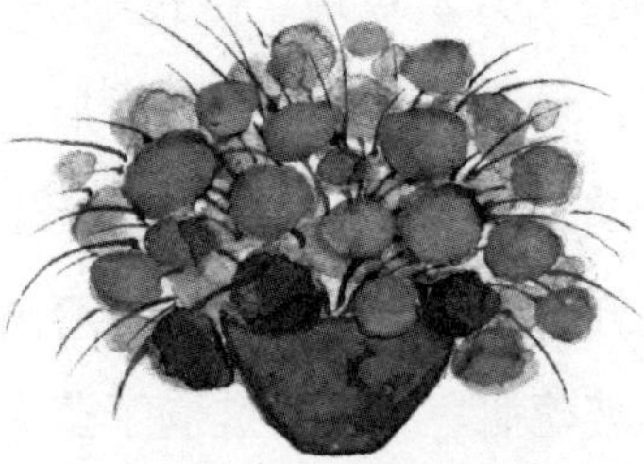

滚滚红尘

那年，初听《滚滚红尘》，是在一个夏夜。在偏远乡镇的一条街上。

乡镇的街，不大，一杯茶没喝完，也就能走到尽头了。街边却有家音响设备齐全的歌厅，常聚了一些人去唱歌。《滚滚红尘》就是从那家歌厅的窗口飞出来的，男女声二重唱，声音凄迷又悱恻。如三更落下梧桐雨。

我正好走在那条街上，一时间被歌声震住，站着，呆呆地听完。怅然若失。街上空无一人，除了我。天上一轮月，那么白那么白的月光洒下来！

后来，我得到一盒磁带，黑白封面，上面印有三毛的一张照片。侧面像，眉梢间含烟吐翠，是抹不掉的哀与愁。整盒带子里，反反复复只一首歌，是首《滚滚红尘》。有对唱的，有纯音乐的。中间穿插着三毛大段大段的旁白，声音绵软，有滴水般的凄清。

那个时候，三毛是不是决意要去了？没人能揣测。我得到这盒磁带时，三毛已故去好几年了。一匹黄沙万丈布啊，她终于，被兜头兜脸裹住，成了一粒尘，飘向她的大漠去了。

音乐起处，是陈淑桦的声音：“起初不经意的你，和少年不经事的我，红尘中的情缘，只因那生命匆匆不语的胶着”，天地辽阔，突然就有那样两个人，在滚滚红尘里相遇，退也无处退，躲也无处躲。就像三毛之于荷西，六年的曲曲弯弯，千山万水隔遍，还是遇上了。那就这样吧，相爱着，厮守着，在一个屋檐下，你给我制作木头书架，我给你包胖胖的水饺吃，做一对平凡的夫妇。

要得并不多啊，我只要你一个，不要前世，不要来生，就这一辈子好了。却偏偏有别离。歌声如诉，潺湲处，三毛说，我握着他的手，叫着荷西，荷西，我看到他的眼里，流出泪来。那是荷西溺水而亡后，三毛在太平间守着他。梦里落花，几多情缘，终是“分易分，聚难聚”，谁能敌过这命中劫数？也只能这样解释，有些人到这世上来，就是为了来受一场爱的苦。就像林黛玉之于贾宝玉，她要用她一生的泪，偿还前世欠他的甘露情。泪尽，情缘也就尽了。从此，归入渺渺。

有朋友远在甘肃，跟我说起当年事。当年，他十九岁，怀揣着只够坐车的钱，一个人远离家乡去外地谋生。车上满满的，都是陌生。乘务员提着把大铝壶，在人行道上来来回回。铝壶里装的是白花花的牛奶，五毛钱一杯。他看到有人买，白花花的牛奶倒出来，散发出诱人的奶香。他使劲把头扭向窗外，抑制住心里想喝的冲动。这时，列车经过一片沙地，有阳光扑过来，广播里突然传来《滚滚红尘》的旋律：“起初不经意的你，和少年不经事的我……”陈淑桦幽幽的声音甫一开腔，就让他拼了个泪水飞溅。他说，现在回想起来真奇怪啊，在那之前我不悲，也不伤，真的。可是我一听到这歌，就哭了。

我在电脑前沉默。红尘滚滚，各有各的遭遇与心境。沧海桑田，多少的人和事都成过往，而我们，还好好地在着。这样的存在，足以令我们心怀感恩。

回家

从来没有哪一首曲子，能像《回家》这么普及，这么深入人心。它几乎是以泛滥的姿势出现的，咖啡馆、商场、宾馆、学校、工厂、车站、码头，甚至菜市场，只要有人群的地方，这首曲子，总会不经意地响起。

萨克斯的演奏，使得整首乐曲的情绪，从一开始，就饱满得像一只熟透的柿子，轻轻一碰，那甜蜜的果肉，就软成一摊绯红。让听的人，不知不觉沉进去，你会不由自主地想起很多：故乡的田埂道，弯弯曲曲，路边开满野菊花。麻雀成群结队地飞过头顶去。芦苇荡里，有斑鸠在叫，咕咕，咕咕。孩子们在野地里追逐着，像追风的猫。太阳斜斜地落下去，最后的光芒，把一个村庄染红。母亲的红头巾，从田野那头飘过来。家里养的小黑狗，摇着尾巴来迎接放学归家的你。炊烟升起来了，一个村庄笼在炊烟里。

家，多么亲切的家！院墙上，趴着开得好好的丝瓜花。院子里，长一棵枣树两棵梨树。五六岁的小丫头，天天仰着脖子往树上看，梨子什么时候能吃啊？枣子什么时候红啊？无论你走多久，走多远，这记忆里关于家的一幕幕，都永远在记忆里鲜活着。

我想起湘西的“赶尸”来。传说在远古，湘西汉子征战沙场，客死他乡。家人为了让他们返回故土，特请巫师，把他们从千山万水外“赶”回家，入土为安。就产生了专门赶尸的赶尸匠，使得赶尸这一行当兴旺起来。赶尸匠手拿摇铃，念动咒语，所赶尸体便都奇异地站起来，很听话地跟着他走。他们昼伏夜出，翻山越岭，历尽艰难险阻，只为回家转。

这个传说深深打动了我。有一年去湘西，我特地跑去观看赶尸表演。低沉的音乐，在幽暗的舞台上响起来，那些“尸体”，随着“赶尸匠”的铃声，缓缓立起，一个一个，跟着前行。他们越沟蹚河，在“崇山峻岭”中跋涉，我忍不住热泪奔流。“家，回哪个家？门前长满小草和野花”，这首不知什么时候听过的歌，突然浮上我的脑际。我想立即奔回家去，我的父亲还在，我的母亲还在，我记忆中的小院子还在，我要好好爱。

坐出租车去城外办事。车上反复播放着的，是这首《回家》。曲调舒缓缠绵，让人的心一点一点没进去，百转千回。司机是个健谈的人，他说他干这行十来年了，不曾出过一起交通事故。他的语气里，颇多骄傲。我微笑着听，我说，是啊，真不容易。他突然笑说，我一出车，就放这首萨克斯的《回家》，喜欢听呢。我听着时就想，我要好好开车，注意安全，我要平安地回家。因为，我的老婆孩子还在家等着我呢。

为他感动。尘世间最大的幸福，莫过于有家可归，有人在等。

有面鼓叫阿姐鼓

世上还有这样一面鼓，叫阿姐鼓，这是我听朱哲琴演唱的《阿姐鼓》时才知道的。

对鼓，我不陌生，从小的记忆里就有。那时一听到鼓声，我们欢快的脚步就止不住。有鼓敲着的地方，总是有热闹可看的，不是乡里宣传队在搞演出，就是某个青年又应征入伍了。只听咚咚咚，咚咚咚，敲出一片喜气洋洋来。平静的乡村，因这鼓声，而焕发出巨大的欢喜，久久不散。

《阿姐鼓》里也有一面鼓，做了整首歌的魂，不时咚咚咚地敲响，敲得人心惊肉跳的。是的，我是这样的心惊肉跳。窗外的一方暖阳，温暖得跟火盆似的，我却觉得冷。很彻骨的感觉。

我一遍一遍听，着了魔般的。伴奏的乐器，以吉他为主，嘭嘭嘭地像敲鼓，敲出无边无际的肃穆与凄清：

我的阿姐从小不会说话，在我记事的那年离开了家，从此我就天天天天地想，阿姐啊。

一直想到阿姐那样大，我突然间懂得了她，从此我就天天天天地找，阿姐啊。玛尼堆前坐着一位老人，反反复复念着一句话……

朱哲琴如泣如诉地唱着，叫人听得心碎。故事是那样的凄惨，昔日西藏奴隶制下，有一种祭神用的鼓，叫阿姐鼓。它是用人皮做的，是剥的纯洁少女的皮。这个少女，从一诞生起，就注定了要被做成阿姐鼓的。她被独自养在一间屋子里，屋子的门窗紧锁着，她接触不到外人，外人也接触不到她，她不会说话，没有思想。直到她长大，她的皮可以用来做阿姐鼓了，她这才被带出屋子。

一幅惨烈的画面，投射在历史的影壁上：美丽纯洁的少女，一身白色藏袍裹着她。她的肌肤，闪烁着瓷器般的光泽。未被尘埃染过的眸子里，映着雪域高原上的蓝天白云。高高的祭坛上，燃着烛火。少女懵懂地一步一步走上祭坛，她不知道围着她的那些凶恶的人，要拿她做什么。她不会争辩，也不懂险恶，她像一头误入尘世的小兽，任人宰割。神在哪儿呢？神正蜷在神坛上睡着觉。

“天边传来阵阵鼓声，那是阿姐对我说话……”朱哲琴的声音，不施粉黛，却惊艳无比。如婉转的一个眼神，汪着清泠泠一湖水，深不见底。如山峰上的一捧雪，晶莹透亮，不染尘埃。它是酥油灯下，翻着的一页佛经，在时间的长河里纯粹着，纯粹出辽远与空旷来。特别是收尾处那一声声“唔嘛呢叭咪唔嘛呢叭咪”，真悠长啊，勾魂摄魄。是一眼望不到头的旷野啊。是眼光攀不上的高山哪。它让人极易想到生与死。想到日月轮回。想到生命中的惑与谜。

这是上苍赐予的神秘。生生世世，谁是谁的劫？一面阿姐鼓在敲响，“从此我就天天天天地找”，消失的阿姐，她的灵魂在鼓上开了花。玛尼堆上的石子，都是谁的虔诚和信仰？那一颗颗滚烫的心啊，永不停息地在跳着，咚咚咚，咚咚咚，在朝圣的路上，络绎不绝。

卡萨布兰卡

1943 年，一部名为《卡萨布兰卡》的影片，风靡全球。影片讲述的是一对青年男女，因机缘相遇，相爱，最后却走散。再度重逢时，是在卡萨布兰卡的街头。这个时候，纳粹的铁蹄已踏遍欧洲。女孩子也已嫁人，所嫁之人是捷克反纳粹组织的领袖。为逃避纳粹的魔爪，他们来到卡萨布兰卡，想获得一张通往美国的通行证。守在这里的男孩子，与女孩子重拾旧爱，却回不去了。最后，男孩子选择了放手，亲自送女孩子和她的丈夫安全地离开。

影片中的阴错阳差，本也平常，但因发生在非常状态之下的二战期间，爱和被爱，都遍布伤痕，直拷人性，所以有着非同寻常的感染力。那座砌满白色房子的卡萨布兰卡，也因这部影片而声名大振。后来的人们，喜欢沿着影片留下的足迹，去找寻梦中的浪漫与感伤。

我知道卡萨布兰卡，缘于一首歌《卡萨布兰卡》。很多人误以为它是影片《卡萨布兰卡》的插曲，实际上不是。不过，它却是因这部影片而诞生的。20 世纪 70 年代，一个名叫 Bertie Higgins 的音乐人，在看完这部影片后，情不自禁挥笔写下了与影片同名的这首歌。

秋天的一个上午，我在朋友家里，坐在她家刚刚擦过的地板上，翻一本她新买来的画册。画册里，铺陈着大片的原野，原野上开满了大朵大朵的向日葵。这时，朋友打开了音箱，一上来就是这首《卡萨布兰卡》。略带沙哑的男声，深情得像一口深潭，旋律如同潭水上泛起的细波。我静静听，不知为什么，竟觉得那一波一浪上，都息着一朵开好的向日葵，在寻找心中的阳光。那消失在云端里的爱情，真叫人忧伤。

是那样的夏夜，小城的街上，人迹已稀少。一对年轻人，沿着街道漫步，他们刚刚一起观看了经典的片子《卡萨布兰卡》，还沉浸在影片的故事情节中。他们并排走着，并不曾说话，只是那样走着，脚步声和着脚步声。彼此的心意，却如月光朗照。忽然，他停下来，她也停下来，站定，互相凝望。月光的影子，在他们的脸上荡着。有那么一刻，他们不能分清那是梦幻还是现实：

恍惚身临其境牵着手，如在吕克饭店。我们避开晃动的光线，但月光洒满你胸前。在那辆老式雪佛莱车里，不知是光影还是梦幻？

不知何时，他的手，已牵了她的手。爱情就这样来了，他们所在的小城，成了另一个卡萨布兰卡。他们决心要在这里好好相爱，厮守一生。虽然这里还贫瘠着，可那有什么关系呢？他们有的是热血和真情。可口可乐和爆米花，也赛过香槟和鱼子酱的。

这是歌曲的前一部分，它让我想起一些往昔。那个时候，我二十岁刚出头，在一个偏僻的乡镇工作，住在单位简陋的宿舍里。遇见那人，他除了拿一份固定工资外，也别无所有。两个贫穷的人儿，在夏夜的天空下，一起憧憬未来：房子不要大，只要装得下我们两个就行。最好带个小院子，让我可以种种花草。我们还可以养一只猫、两只鸡。下班了，我们一起去菜场买菜，一起回家做饭。这样的日子，光想想就很幸福。那时，我们的头顶上，群星闪烁，永生永世的模样。

歌曲的后一部分，是男主人公一遍一遍呼唤女主人公回来，回到他们相爱的“卡萨布兰卡”。他的心，永远等在那里，无论多久也不会改变。

是的，当一切成为追忆，时过境迁，还有一个叫“卡萨布兰卡”的地方，还有一颗等待的心，让我们有着湿润的期待和向往。

雪舞时分

在西南太平洋群岛上，流传着这样一个传说：家住太阳深处的美人鱼，会顺着彩虹来到人类出没的水域。夜晚，她们坐在太平洋群岛中的礁石上，吹起风笛，笛声随着风传送得很远很远，忧伤而美丽。当地的美拉尼西亚人，把她们叫作 Adaro。但这些“阿达拉”，不同于古希腊、古巴比伦神话中的美人鱼，她们是有危害的，常常袭击人类。

德国中古实验民谣乐队，亦取名 Adaro。不知他们是不是想借助遥远的传说，来向人们传达一种远古的神秘。听他们的曲子，使人不由自主想到美人鱼，不由得沉入到一种苍茫里，是海天一色的苍茫。这其中，最为经典的曲子要算 *ES Ist Ein Schnee Gefallen*，汉译为《雪舞时分》。

这是一首唱雪的曲子。苏格兰风笛铺开的音乐背景，散发出浓郁的日耳曼民族风情。清亮的女声，如雪粒一样迷人。一首幽怨的曲子，被她唱得骨骼清秀，光华璀璨。像帽檐上缀着的红宝石，光芒直逼人的眼。

冬天。光秃秃的树。远处的山峦。尖顶的小屋。天空低沉，长发的女子，素着一张白皙的脸。眼睛里，下着雪，一片，一片。尖尖的屋顶，没在雪里面。屋里应该有温暖的壁炉吧？抑或有香甜的饼，正冒着热气。结果，却叫人失望了。

小屋怎奈刺骨寒？君当怜我于此时，处境不堪，身心俱碎。请带我入你臂弯，让那冬天逃亡。

心中充满如火的渴望，却又这样的孤单无助。如雪舞，从落入凡尘的那一刻，就注定是一场凄清的独舞。

闭起眼听，雪花淡去。仿佛到了无人的海边，海风柔软得似女人的鬓发，碰到亲爱的人的脸，就那么轻轻拂过，心底里，留一片温存。柔和甜美的女声，乘着浪而来，从海的深深处。妖媚，清冽，是传说中的美人鱼啊，用她曼妙的声音，吸引航海的水手们。月色。倒影。心中的爱情。

我想起安徒生的童话《海的女儿》，那个不朽的精灵——小小的海公主，她的皮肤又光又嫩，像玫瑰的花瓣。她的眼睛是蔚蓝色的，像最深的湖水。她的歌喉，美好婉转。海底的世界是安逸的，有三百年的光阴好度，地久天长的模样。她却向往人世间的爱情，向往亮着的灯的窗口，还有王子那张清秀的脸。人世的美好不期而至，可怜的小人鱼，怎么也放不下。最后，为了爱，她心甘情愿割下舌头，换得巫婆煎的药，喝下，鱼尾割裂成两条漂亮的人腿。她离开海底宫殿，一步一步走向心中的王子，每一步，都滴着血。然尘世间，多情总被无情恼，她没能收获到爱情，最后化作泡沫，一点一点消失在万顷碧波之上。

这是爱的最高境界，我用我的生命，成就你的地老天荒。如今，二百多年过去了，海的女儿，还活在我们的惦念里。

美丽的诺恩吉雅

很喜欢听一些少数民族的歌曲，它们或绮丽，或婉约，或活泼，或缠绵。这是一个民族的魂。这里面，蒙古族民歌，是独占一席的。那个马背上的民族，用高亢的歌喉，演绎着他们的情和爱，策马扬鞭走过人生的一季又一季。

《诺恩吉雅》，是其中的代表作。

初次与《诺恩吉雅》相遇，是在草长莺飞的三月。我找马头琴的曲子听，无意中听到这首曲子，立即不能呼吸，心疼得蜷成一团，却不知因何而疼。耳畔仿佛正吹着秋天的风，树叶哗啦啦的，落了一地。

这样的曲子，自然离不开马头琴。这种乐器，有倚门千呼万唤的感觉，自带了悲戚。曲子的开始，是清亮的女声，喊出一声“啊”。像站在高高雪峰上的孤独的狼，叫声里裹着雪，四周风声不绝，没有别的生灵，连树也没有一棵。凄艳，空寂，苍苍茫茫。随后，马头琴响起，曲子曲折而上，而下，柔软无骨。有种悲凉，像蜿蜒的小蛇，慢慢爬进人的心里面，在心尖尖上打转，嘶嘶，嘶嘶。上是蓝天白云，雪峰高于天齐，鹰也飞不过。下是茫茫草原，与天相融，马也跑不到。关山重叠，道阻且长。

曲子的背景，令人唏嘘。传说，有一个美丽的蒙古族姑娘，名字叫诺恩吉雅。她原是王爷的女儿，国色天香。到及笄之年，被迫远嫁他方荒凉之地。没有得到美满幸福，男人在她新婚不久，就撇下她外出，经年累月不归家。她独守空房，举目皆是陌生与凄凉。她思念家乡，日夜啼哭。他们家里，有个会唱歌的马佗，很同情诺恩吉雅的遭遇，就天天唱歌给她解闷。这首《诺恩吉雅》，据说就是这个马佗唱出来的。

歌曲幽幽，是“薄雾浓云愁永昼”，是“寂寞梧桐深院锁清秋”，惆怅，凄婉，愁肠百结。

老哈河水长又长，岸边的骏马拖着缰，美丽的姑娘诺恩吉雅，出嫁到遥远的地方。当年在父母的身旁，绫罗绸缎做新装，来到这边远的地方，缝制皮毛做衣裳……

平静的诉说，却暗伏着巨大的人生悲欢。起起落落间，一匹马，就这样把美丽的姑娘，驮到遥远的他方。她的大好年华，成了栖落在衣襟上的一朵花，庭院深深深几许。我且听且息，中途要若干次游移了我的目光，转移了我的注意力，才能止住心中的疼痛。我的窗外，春光明媚。树长叶了，草冒芽了，万物在复苏，一派的欣欣向荣。诺恩吉雅呢？她还锁在她的深院之中，生命里的春天，成了她一生遥不可及的梦想。年华在孤寂中，一日一日剥落，直至，化成烟，化成灰。

这是一个女人最深切的悲哀，爱不能做主，恨亦不能做主，一生再怎么努力挣扎，亦泗渡不过自己的命运。好在那样的年代终究去远了，再深的庭院，亦锁不住一颗女人的心了。

浪漫的夜色迷离

是无意间听到 Kate St. John 演唱的《夜色迷离》的。那日午后，我上网找资料，打开一个页面，背景音乐，就是这首《夜色迷离》。当时，我根本不知道 Kate St. John 是谁，也听不懂其中任何一句。但就是那样的旋律，那样的声音，一下子让喧闹的世界退得很远，无边的夜色，提早泊下来，四周安谧得让人想流泪。浅淡的花朵，在她的歌声里，一朵一朵幽幽开了。轻轻一个舒展，藏不住的馨香，就四溢开来。

这是一种很体己的感觉。凡尘中走得很累的心，这个时候，突然想停下来，哪儿也不去，什么也不想。

蒙住我眼睛的面纱已消失，我心中的伤痕也慢慢抚平，你把你浩瀚无际展示给了我，你无尽的微笑在闪耀……

Kate St. John 浑圆的嗓音，像老照片里绽放的花朵，无论艳红，还是鹅黄，统统都是黑白的，蓄进无限风光。只需轻轻一拽，就流溢出醉人芳华，亲切，迷人，风姿绰约。

我一下午什么也不干了，一遍一遍听这首歌，直听得夜色四合，我的内心充满宁静和渴望。这是多么矛盾！渴望？是，是渴望。渴望一次奔跑。渴望一场尽情的舞蹈。渴望一次热烈的拥抱。当路边的迎春花开得肆意张扬的时候，我对那人说，我们私奔去吧。私奔，这是多么可爱的一种逃离。在我，又是多么大胆的一种妄想。他说，好啊。我别过头去笑，笑得眼睛湿湿的。滚滚红尘中，有这样一刻幸福的妄想，有这样一个人肯陪着，够了。

你在日复一日的生活中伴着我，和我一起穿越了无数痛苦和快乐的时光，现在我终于在婆娑的灯光里找到了美好的夜色，而你那熟悉的微笑在闪耀……

Kate St. John 低吟浅唱，仿佛呓语。仿佛高脚玻璃杯里，晃动的法国葡萄酒。曾经历尽万般艰难，都无关，都无关了。因为有爱相陪，再深再沉的夜，也能安然度过。

人世间，渴求的，原不过是一个肩头的温暖。然，更多的时候，我们却活得孤单而寂寞。一个朋友，从遥远的吉林，给我打来电话。沉默半晌，他始才开口，只说一句，好累。我理解他的累，一个人漂泊在外，表面风风光光，人前喧闹，一到深夜，却不得不独自抱着一屋子的冷清。就像你刚从灯火辉煌处走出来，身上还留有那些流光溢彩，温度，却是一寸一寸冷了。灯火渐渐阑珊，世界孤寂成一座荒岛，这个时候，就特别需要安慰。

夜色迷离，夜色迷离，那是你吗？

爱如潮汐起落，轻轻一声问，就问尽前世今生。

让人感伤的是，那个“你”，究竟在何处？

你像一个冲破黑暗的礼物，又像一只鸽子栖息在我的心房。

黑暗之中，有一道光芒突然跃过，灰暗的人生，自此有了亮度。萨克斯、钢琴和风笛的伴奏，更使整首曲子，有了柔肠百转的味道。月下的影子，落在地上，听不见声响。无边无际展开的，是夜色，又苍茫，又辽远。灵魂变成一只轻灵的猫，在夜色的边缘奔跑，独舞。

外面起风了。半个月亮，挂在天上，橙黄的。天空高远得很神秘，亦很冷清。

夜色迷离，夜色迷离，那是你吗？

茫茫尘世中，“你”，原不过是一个梦中的影子，或许穷尽我们一生，也不能遇到。又或许，“你”，谁也不是，它只是我们自个儿的灵魂，在夜色迷离中，走失了，找着回家的路。这条路一定会找到吧？在我们睡着了的时候。

泪蛋蛋抛在沙蒿蒿林

羊啦肚子手巾呦三道道蓝，
咱们见个面面容易哎呀拉话话难。
一个在那山上呦一个在那沟，
咱们拉不上个话话哎呀招一招个手。
瞭的见那村村呦瞭不见个人，
我泪格蛋蛋抛在哎呀沙蒿蒿林。
羊肚子手巾三道道蓝，见面面容易拉话话难。
一个在山上一个在沟，拉不上话话招一招手。
瞭的见那村村瞭不见人，泪蛋蛋抛在沙蒿蒿林。

这是一首地道的陕西民歌，它有很多个演唱版本，我最喜欢的，还是陈俊华演唱的。她演唱的版本里，穿插了一些孩子的声音，在徐徐展开的旋律里蹦跳。好似响晴的光亮，落在湖面上，折射出粼粼的活泼的欢乐。孩子的笑声脆脆的，他们齐声唱着歌谣。是两小无猜青梅竹马么？那些人生的好时光，叫人回味，让人留恋不已。

歌里面的故事，很是悲情：一望无际的黄土高坡。沙蒿蒿林。村庄。奔跑的孩子。老榆树。石碾子。坐在老榆树下吸着旱烟的老人，他的沉默像块石碾子。隐隐的锣声响起来，又有姑娘嫁人了。一路走，一路泪，嫁的，不是她喜欢的那一个。大红盖头下，藏着多么深刻的悲哀。孩子们却不知，他们无忧无虑的，跟在后面，拍着小手唱歌谣，还齐齐问新嫁娘讨要喜糖。

日子又恢复成日子，一天一天。但心底的爱，如何丢得了？不过是隔着一座山，一条沟。常常，两个人会远远地“相遇”，“一个在那山上呦一个在那沟”，他还是她想念中的样子，扎着羊肚子毛巾。她无语泪先流，“我泪格蛋蛋抛在哎呀沙蒿蒿林”。举起的手，无力地冲着他摇一摇，刻骨的思念，如何能够远递？一转身，便是万水千山。

又或者，他在山上望，望她嫁去的那个村庄。村庄上空，天很蓝，炊烟飘成缕缕相思，忧伤是无边无际。他看不见她，但知道她就在那个村庄里，就在一扇门的后面，“瞭的见那村村呦瞭不见个人”，咫尺，成天涯。陈俊华的声音，把这个故事演绎得百转千回。她的音质，像在水里面浸过似的，有着湿湿的惆怅，钻进人的每一个毛孔里。又如光滑的绸缎，在月下抖开来，上面爬满风声和泠泠月光。无尽的疼痛，就这样铺开来。更兼打击乐器的伴奏，把这样的声音，衬得更是柔肠百转。山一道，梁一道，走不出那个爱啊那个想。“一个在山上一个在沟，拉不上话话招一招手”，爱情叫人如此绝望——我望得见你，你望得见我，却永远也无法走近。

独自庆幸，我不是抛着泪蛋蛋的那个女子，我在灯下写字，可以闻得见那人的气息——他在看电视；他在很响地喝水；他甚至，不顾我的强烈反对，在阳台上偷偷燃起一支烟，美美地吸。楼下的钟摆敲过十二点了，夜深了。他进来，打了一个哈欠，瞟我一眼，说，别傻乎乎的每天都写到那么晚，早点睡啊。语气是浅淡的，却透着关爱的暖。

这是相守的平常，不用翻山越岭地瞭望。多么的好！

祈愿

《祈愿》，英文名为 *May It Be*。初见它，我用我有限的英文水平，把它译成“也许，可能”。想象的空间因此很巨大，也许这样，也许那样。一个也许，所有的结局，都成另类模样。好，或者不好，谁能说得清？唯有把一切的遭逢，都解释为注定的缘。物，或者人，在注定的时间注定的地点相遇，不偏不倚，仿佛约定。

就像我相遇恩雅的歌。

那是初夏的天，天开始热起来。空气中，到处充塞着暑热开裂的声音，“噗噗噗”，是炭炉上炖着的一锅汤，热腾腾。街上满是川流的人，看得人恍恍惚惚。耳边忽然传来恩雅的歌声，柔媚，馥郁，如空谷里的幽兰盛放。又恰似，雾霭起处，风吹露降。身边的喧闹，刹那间潮退浪止，世界宁静成一片汪洋。

隐隐的，是月。是月下的沙滩。是丛林。是溪流。是绿茵茵的草坪。是花。是树。是人间四月天。遥遥的一声呼唤：“你在吗？”穿云破雾，踏浪而来。“哦，我在的。”这样应答一声。突然地想落泪。阳光的羽毛飞起来，那一刻，我只想到一个词：销魂蚀骨。

是的，销魂蚀骨。我就那样，把魂丢在六月的大街上，丢在恩雅的歌声里。身旁是羊群一样的人群，他们走在归家的路上么？我突然很盼望一扇门，盼望一个亲爱的人，我要告诉他，有你在，我不怕。不怕什么呢？风雨雷电我都不怕。只要有你在，爱就在。

折回去，寻到那家音像店，低低问："是谁在唱？"店主是个年轻的小伙子，他回我："是恩雅啊。"仿佛说故知。于是我见到她，这个爱尔兰女子，其时她正安静地躺在一张碟片上，碎发，大眼，一袭深蓝色的衣衫。

出生于音乐之家的恩雅，起初的心愿，只是想做个钢琴老师。她在哥哥姐姐的乐团里，待过很长一段时间，并不引人注目。后来致力于电影音乐的制作，在她的作品里，渗进她喜欢的爱尔兰民谣，并亲自参与配唱。她纯美的嗓音，如自然之风，吹过原野，吹过山川，叫人动容。这之后，她一发不可收拾，很快，她天籁般的声音，便席卷了爱尔兰，继而是整个欧洲。《祈愿》是她为享誉全球的电影《指环王》录制的主题曲，曾获金球奖和奥斯卡的"最佳原创歌曲"提名。

我买回那张碟，一遍一遍听：

但愿有一颗暮色之星，拂照着你，即使黑暗降临，你将揣着颗真诚的心，孤独地上路。噢，离家的路途有多远。

恩雅的声音，像有无数个温柔的小手指，轻轻地抚过我们的心，那些不安，那些沉重，那些惶恐，一一被抚平了。别怕，总有一颗暮色之星，在拂照着你。别怕，只要心怀希望，就能穿透黑暗，走到天明。

一个身处逆境的朋友告诉我，听到这首歌时，他想飞翔。

而我在听着这首歌时，我心宁静，无所畏惧。